水木烙印

胡钰 著

清華大學出版社
北京

图书在版编目（CIP）数据

水木烙印 / 胡钰著 . — 北京：清华大学出版社，2017（2025.6 重印）
ISBN 978-7-302-46551-5

Ⅰ . ①水…　Ⅱ . ①胡…　Ⅲ . ①随笔 – 作品集 – 中国 – 当代　Ⅳ . ① I267.1

中国版本图书馆 CIP 数据核字（2017）第 030393 号

责任编辑： 纪海虹
装帧设计： 奇文雲海 CHIVAL design
责任校对： 王荣静
责任印制： 杨　艳

出版发行： 清华大学出版社
网　址： https://www.tup.com.cn，https://www.wqxuetang.com
地　址： 北京清华大学学研大厦 A 座　**邮　编：** 100084
社总机： 010-83470000　**邮　购：** 010-62786544
投稿与读者服务： 010-62776969, c-service@tup.tsinghua.edu.cn
质量反馈： 010-62772015, zhiliang@tup.tsinghua.edu.cn
印 装 者： 三河市东方印刷有限公司
经　　销： 全国新华书店
开　　本： 130mm × 185mm　**印　张：** 11.125　**字　数：** 184 千字
版　　次： 2017 年 4 月第 1 版　**印　次：** 2025 年 6 月第 4 次印刷
定　　价： 78.00 元

产品编号：073299-03

当鸟儿在古铜色窗外的碧绿藤萝上唱歌起舞时，

当树影在清晨里阳光的悉心护送下洒入屋内时，

新的一天开始了。

——题记

序一

得知胡钰要编一本文集，把曾经发表的一些随笔、散文、评论等文章汇集起来，我很支持。我看过他写的许多文章,特别是近年来在《水木清华》杂志专栏上的文章,我几乎每期都看。他的文章内容许多是关于清华的人和事,善于从一个个鲜活的小故事入手,展现清华人的精神,读起来很亲切，多有共鸣。胡钰在博士毕业后曾离开校园走向社会历练，但多年担任清华校友总会的理事，清华一直是他的关注点，清华精神是他的精神家园，他的心一直连着清华、归属清华。我想这正是将文集取名“水木烙印”的缘由吧!

翻着这本文集，回想起来，我认识胡钰已经 24 年了。那是 1992 年的秋季，当时我是清华党委副书记，他是清华电子工程系的本科生，他组织了一个学生影视欣赏与评论协会,还办了一份《露天》报纸,请我来题写报头。之后,他读了中文系的科技编辑双学位来到人文社科学院，接着又成为清华第一批新闻学研究生的一员，毕业后就留在学院担任教师，讲新闻理论课。他还担任了学院主管学生工作的党委副书记，我兼任院长，我们的接触就更多了。

胡钰对专业学习很投入，从读研究生期间开始就发表了许多论文，得过冯友兰基金学术论文奖；也很喜欢写散文、杂文，在学校报刊和校外各类报刊上发表许多文章，还得过朱自清语言文学奖。看到他的这些努力，我很高兴。这正是清华文科人才培养的一条路径。

清华文科的恢复和发展以1993年人文社科学院建立为重要标志，这不仅仅在于学科布局走向综合，更重要的是为克服科学文化与人文文化的分离奠定了基础，为培养全面发展的人提供了更好的保障。梁思成先生1948年在清华大学作了关于理工与人文的演讲。他指出，科技与人文分离导致了两种畸形人的出现：只懂技术而灵魂苍白的“空心人”和不懂科技奢谈人文的“边缘人”。实际上，人文精神、哲学思维是一切学科的基础，也是人之所以成为真正意义上的人，一所大学成为真正意义上的有文化、有灵魂的大学的基础。

胡钰在清华就学期间，由电子本科到国际金融本科、到新闻学硕士，再到马克思主义理论博士，在学科上为科学文化与人文文化的融合奠定了基础。他先后担任政治辅导员、清华“双肩挑”教师、科技部公务员、《科技日报》评论理论部主任、《前沿科学》杂志编辑部主任、国务院国资委新闻中心副主任，再到清华新闻与传播学院教授与学院党委书记的经历，又为他的成长与施展才干提供了多种平台。在这本文集中,我们不难体味到清华所倡导的“又红又专，全面发展”的教育理念对一位清华人人生轨迹和精神世界的影响。

我一直希望清华的学生能够有更多的人文精神与文化底蕴,不仅仅体认“行胜于言”的校风,还要弘扬好“人文日新”的精神；不仅仅“务实进取”“不尚空谈”,还要“能行能言”“躬行善思”,这是清华培养世界一流人才的需要,也是清华成为世界一流大学的需要。

读这本文集，能感受到作者对清华的浓浓情感。文集中有一篇文章是对徐葆耕教授的追思，还有一篇是对孙殷望教授的追思，读后让我很感动，使我回想起了与这两位老同事一起工作的许多场景。这两位老师在人文社科学院工作期间，给予了胡钰很多关心，而他也在心底记住了他们的为人和给予后辈的关心，并用细腻的笔触记录下来。这正是清华大家庭和谐文化的一个体现。

当然，这本文集中的主题不仅是清华，还有关于创新、人才等主题的，还有许多不同地方的人和事。所有的这些文章，都源于作者的所见所闻，体现了作者的视野与洞察力，以及认真思考与真挚情感，读起来很有味道，充满了正能量，并发人思考。

期待胡钰能写出更多作品，关于清华，关于社会，关于天下，关于人生。

是为序。

2016 年秋于清华园

（胡显章，清华大学教授，曾任清华大学党委副书记，人文社会科学学院院长，新闻与传播学院常务副院长）

序二

我是在去乌鲁木齐的飞机上，认真读了胡钰《水木烙印》的书稿。在飞机上读书，最大的好处是没有来访、电话、微信等任何干扰，可以静下心来全神贯注地阅读。因此，在大约四个小时的飞行中，我几乎仔细读完了这部 15 万字书稿的大部分内容。之所以要认真仔细地阅读，是由于在胡钰教授邀请我为他的著作再版作序时，我自感资格不够，因此表示只能在拜读此书后写点心得体会。而“认真仔细”的一个证明是，除去学习和了解了书稿的主要内容、为撰写心得打下基础外，还帮助发现了几处编辑上出现的错字或标点、格式的小问题，告知了胡钰教授——这也可能是曾经当过多年报刊编辑而养成和留下的“毛病”。

读了胡钰教授的《水木烙印》书稿，最大的感受是非常亲切。全书的文章分为三大板块，第一部分“清华的色彩”近 20 篇文章自然都是讲与清华相关的内容，涉及清华的历史与现实、清华精神与文化传统、清华人物与清华风物等；而第二部分“创新精神从哪里来”和第三部分“不可忘却的美丽”虽然主题不是讲清华，但将近40篇文章中其实有近20篇仍与清华有关，有的是由清华的人或事有感而发畅谈“创新”与“美丽”，有的是作者以清华教授的身份在组织或参加活动中产生的感慨，有的在阐述观点、展开议论时引用了很多与清华相关的实例等。因此，实际上全书近三分之二的篇幅是与清华的历史与文化等密切相关的内容，这对我作为一位清华校史研究和档案工作者来说自然备感亲切熟悉。当然，胡钰作为清华中文系编辑专业的毕业生和曾经任职多年的记者，他的文章又不像我们校史研究人员的论文那样“学究气”，而常常是从一个人、一件事说起，侃侃而谈、娓娓道来，在讲述一段段生动的清华故事中，阐发他对清华文化和传统的认识和感悟，并使用独具特色又非常精准的语言表述出来。比如他把清华的办学理念和风格、清华人为学为人的特质概括为红色、绿色、橙色、紫色四种“色彩”，把清华早期的教育传统概括为国格、人格和体格三个方面，所以这些文章读来绝不枯燥，令人感到不是在空洞地讲大道理，而是非常清新流畅又耐人寻味。

阅读这部书稿感到亲切的另一个原因是，文章的写作风格既体现出作者身为文科学者的洋洋洒脱与文采飞扬，也保持着理工科毕业生的严谨思路与清晰逻辑。我和胡钰教授先后入读清华大学时都是在理工专业学习，虽然后来都转读了人文社会学科，工作后又一直在大文科领域，但在思维方式和理解习惯上，由于受到了理工科教育的深刻影响，总是不自觉地去追求一种明确的思路和逻辑，读到一些过于发散的文章时常常感到不知所云。胡钰教授的文章不是这样，读他的作品，你能在流畅的文笔间，感受到他希望阐发的鲜明主题与思想观点，以及紧扣主题的内在逻辑。比如在《基础与基石》这篇文章中，他先后从基础课学习是学生学业的基石、基础课教师是师资队伍的基石、基础课教学是大学育人的基石等三个方面，逐层递进地阐述了“基础课”在大学教育中的“基石”地位与作用。此外，胡钰教授在很多文章中讲到清华历史上的人物与故事，绝非人云亦云或道听途说，而是非常生动而准确地讲述了很多细节，这令我这个校史工作者感到非常欣慰。一方面，这么多的校史故事被引用，说明校史确实发挥了“以史鉴今、资政育人”的作用；另一方面，从胡钰教授的文章中能感到他确实认真读过、查阅过很多校史图书和档案史料，这一篇篇文化随笔作品也能生动地反映出他作为一位教授、一名学者的严谨治学态度——而这些大概正如本书书名所言述的，是清华园的学习、工作、生活给每一个清华人留下的深刻烙印。

本书中《文科楼 304》这篇文章是从我 2023 年发给胡钰教授的一份聘书照片讲起的。其实,我们之间发生“交集”是在 30 多年前。本书《在清华当辅导员》一文中讲到，1992 年正在电子工程系读大一下学期的胡钰在校报《新清华》之“读钱学森复信，论治学与人生”讨论专栏，发表了题为《扎根人民 扎根实际》的文章，当时我是《新清华》副主编，而这个讨论也正是我提议、策划和具体负责组织的。大学期间，胡钰先后在《新清华》关于“市场经济与人生坐标”的讨论、“创建世界一流大学”笔谈、“择业成才报国”主题征文和“清华园论坛”“大学生之家”“荷塘随笔”“水木清华”等专栏、副刊上，发表了 20 多篇文章，他在文章中所体现出的思考与认知，超出了很多同龄本科生的深度和广度。这期间，我先后在《新清华》担任副主编、主编，并应邀为中文系编辑专业讲授课程、参与二学位和研究生的教学培养等工作。所以，1998 年胡钰在人文社会科学学院新闻学硕士毕业时，我应邀担任他的学位论文评阅人和答辩委员会委员。当时学院这方面的工作特别认真而正式，专门发给我一个聘书，并通知我参加在文科楼 304 召开的答辩会。去年我在家里收拾旧物时发现了这个聘书,就拍照发给了胡钰教授。《文科楼 304》一文正是从此说起，讲述了他留校和回校工作后，文科楼304先后作为中文系会议室和他临时的办公室，所发生的许多故事。

如同前面所讲到的，我总觉得自己的学识与阅历尚达不到为他人著作作序的水平，但面对一位老朋友的要求，我只能写点读书心得算作完成这份托付。我很愿意将胡钰教授这部作品推荐给清华校友，读这本书可以让我们共同回顾起难忘的校园生活，不断地传承和弘扬清华的优良传统；我更愿意把这本书推荐给社会各界特别是青少年朋友，读这本书可以了解一个清华人对清华、对创新、对美丽的解读，获得非常有益的启示。

我真诚地向大家推荐这本书！

2025年春于荷清苑

（范宝龙，清华大学研究员，曾任清华大学校史研究室主任、校史馆馆长、档案馆馆长）

目录
contents

清华的色彩

第一部分

第二部分 创新精神从哪里来？

第三部分 不可忘却的美丽

第一部分

清华的色彩

水木烙印[1]

当银杏铺满校园
我与你静静相拥
你的容颜如此美
你的气息如此甜

当荷花开满校园
我与你静静相拥
淡淡云儿轻轻走
陌陌流水静静淌

美丽校园我的家
宁静荷塘我的心
东西荟萃在一堂
水木烙印我的心

1 2016 年清华大学校庆期间适逢 1991 级校友毕业 20 周年与清华校友总会文创专业委员会成立，写作此歌词纪念之。

当马杯硝烟燃起
我与你征战赛场
你的身影如此快
你的喊声如此响

当多年后再回来
我与你征战赛场
为了祖国洒汗水
五十年后仍健康

美丽校园我的家
宁静荷塘我的心
东西荟萃在一堂
水木烙印我的心

（该歌词由霍光校友作曲，由他与赵菲菲校友于2016年12月10日在清华大学文化创意发展研究院成立大会上首次公开演唱。）

清华的色彩

2016年第一天的上午，我走进了位于清华大学大礼堂草坪东侧的新闻与传播学院的办公室。之所以来，是因为下学期要讲两门课“新闻学原理”和“马克思主义新闻观”，需要备课。

坐下来，打开电脑，突然有了一种错觉，似乎回到1998年的夏季。当时我刚刚留校工作，在人文社科学院，徐葆耕老师和孙殷望老师找我谈话，也给我安排了两门课:“新闻理论”和“舆论学”。于是乎，整个暑期我就在备课中度过，当时把每节课的讲稿都写了出来，每讲要2万字左右。今年寒假又要开始备课了，毕竟已经许久没有系统讲授一门课了，毕竟现在学生的信息量与活跃度远胜于近20年前他们的学长了。在备课时，我仔细读了范敬宜院长和李彬老师10年前首次开设“马克思主义新闻观”后学生们写的数十份学习体会，从中，可以读到他们对这门课的体会,也可以读到他们对清华的感受。读着读着，又勾起了自己的清华记忆。

我第一次进入清华园是在1991年7月。当年，作为招生的一次尝试，学校招了第一届以综合素质优秀为特征的保送生。我们50多名同学提前近2个月入校，从那时起，开始沉浸在这个校园里，听各种讲座，接受各种培训。也是从那时起，我们每个人开始在自己人生的白纸上涂画清华的色彩。

清华的色彩是红色的。红色是最能代表中国的颜色。清华人始终把自己的命运与国家命运紧密相连，在学校这个大舞台，教育理念是“价值塑造、能力培养、知识传授”的“三位一体”。强烈的家国氛围会感染到这个园子里的每个学生。就在这些学习体会中，一位研究生写道：“初入清华园，我的内心真是受到了极为强烈的震撼。因为从老师们的谈话、从四周清华同学的言谈中，我切实感受到这个学校以国为本的浓厚责任感，很多人早已远离的集体主义精神在这里几乎无处不在。”

在2015年校庆日，当年我们在校期间的学生部部长李凤玲老师专门与我们这个班的几位同学在校内的咖啡店漫谈，讲了自己工作中的许多故事，那种对国家、对事业的忠诚，对个人、对利益的淡泊，让大家很是赞叹。同学们说，当年在校，李老师给我们许多教诲；今天离校，李老师依然在用自己的人生经历给我们指引。

清华的色彩是绿色的。绿色是青春的颜色。清华人始终充满昂扬的青春活力，无论身处怎样的岗位，经历怎样的砥砺，始终追求完美，不断奋进。记得在2006年我们年级毕业10周年之际，大家一起给学校捐赠了18棵银杏树，就在图书馆与西大操场之间。在树下，立了

一个很小的石碑，由我提议并经年级同学代表讨论通过，上面刻了八个字：母校长青，学子常新。这代表着我们对学校的祝福，代表着母校在我们心中永远的青春形象。

回到学校工作后，在同事的邀请下，我很快加入了“荷塘诗社”。加入后，我惊喜地发现，这里原来有许多熟悉的老师，其中最熟悉的当然是胡显章老师了。看到胡老师写的那么多书法作品、那么多诗词，还有多位老师的诗作，不论老少，都洋溢着对生活的热爱、对美的追求，充满了青春气息。大家在忙碌的学术研究、行政工作之余，还有如此激情，也让我的青春感更加浓烈。

清华的色彩是橙色的。橙色是暖色系中最温暖的颜色。清华园给清华学子们的感受恰是温暖的感觉，清华的许多老师给学生们的感觉就是这样的，宛如温暖的园丁，永远带着温暖的笑容。我还记得，好多年前我调到国家科技部工作，其间陪一位部领导到重庆出差，早上在宾馆吃早饭恰好碰到去参加校庆活动的贺美英老师。贺老师认识那位部领导，立刻给他讲我的经历，从电子工程系到经管学院、再到人文学院，做了哪些社会工作，写了哪些文章，如数家珍。要知道，那时我已经调出学校几年了。现在想来那个场景，贺老师端着盘子，站在那里，细细道来，令人感动不已。

2016年对我们1991级学生有一个特殊的意义，恰逢我们年级毕业20周年。在2015年年底的一个晚上，我们年级的各系召集人开了1991级毕业20周年纪念活动筹委会第一次全体会，大家一起商讨如何在校庆前后组织纪念活动。那天的会议开得很热烈，从晚上7点半一直开到10点多，对于活动内容、捐款组织、纪念品形式等，大家谈了许多意见。校友总会秘书长唐杰老师给我们介绍了学校对于校友工作的细致安排，说得大家暖意融融。

待会后走出会场，外边已经飘起纷纷的雪花。但许多人依然意犹未尽，还围在一起说了许久。我看太晚了，请唐老师先走，他却说没关系，要与校友们多聊聊。清华对于自己的学生，总有那么强的吸引力和感召力。即便已经毕业数十年了，每个人都是单位、家庭的中坚，有许多的工作任务和家庭责任，但大家依然很乐意来参与这样的集体活动，都愿意重回母校找回当年的温暖记忆。

清华的色彩更是紫色的。紫色是清华的校色。在我们心中，这是一种庄重的颜色。西山苍苍，东海茫茫，吾校庄严，巍然中央。清华人的治学严谨是出了名的，一丝不苟，精益求精。在这种学风下，才有大师云集、人才辈出，才有清华学子追求真理的持续热情。在这些学习体会中，我读到一位来自台湾的研究生的感受："看着大家激动地辩论，一来一往地发表想法，那认真的神情以及凿知言言，我会看得入神，回过神来，对同学们充满敬佩之意！”

在新的一年开始之际，坐在大礼堂边的办公室里静静地读着清华学子们的学习体会，别有一番滋味，对清华的厚重、博大的认识更加具象深入。在这里的学习，会遇见真正的美，会结交高尚的心，会让每一个浸淫其中的学生发生改变。一位研究生在学习体会中说：“受到清华踏实学风的熏陶，最大的转变用一句话形容便是：心态由急于求成转而平和稳健，视域由小资式的狭隘转而大气的广博。十分庆幸自己当初的选择，套用范老师和李老师的话来说，就是‘如有来世，还上清华’！”

的确，“如有来世，还上清华”！这也是我们在毕业许多年后想对母校说的真实感受！

清华园的风骨

2020年年初的清华园甚为安静，从春节到春天，鲜见学生，更不见游人如织。沉寂其间，难得专注而持续地看学堂春雪飘扬，看荷塘水暖鸭知，看满园紫荆花开，看礼堂草坪转绿，看到这个园子的无比美丽，近30年待在这个园子里，也很少有这样的机会，看着看着，看到了这个园子的更多味道、气概与品格，或许以“风骨”称之为恰。

这个园子历时300余年，初属于清朝康熙帝三子，后属于道光帝五子，乾隆帝多次来此园并留有诗作，八国联军进京后逐渐荒芜，直至1911年清华学堂在此开学，为这块土地注入了新的生机。从清华学堂到清华学校再到清华大学，一批批鸿儒学者在此任教，一批批青年才俊在此就读，清华园由此从“皇家的花园”变为“知识的花园”。

记得一次雪后在大礼堂附近漫步，看到王国维先生纪念碑前摆着一束花，显然刚放不久，虽略显干枯，但在白雪的映衬下，依然鲜艳。1925年，清华学校设立国学研究院，旨在“研究‘中国固有文化’，使中国文化与西方文化相沟通”。陈寅恪先生代表研究院同仁于1929年撰写的碑文已成经典文字，成为清华学人心中的烙印，其文开篇即说：“士之读书之学，盖将以脱心志于俗谛之桎梏，真理因得以发扬。”什么是“俗谛”？如何摆脱“俗谛”？值得所有读书人终身思索。其文结语更是意味深长：“先生之著述，或有时而不章。先生之学说，或有时

而可商。惟此独立之精神，自由之思想，历千万祀，与天壤而同久，共三光而永光。”其中“独立之精神，自由之思想”更是成为清华学人的学术品格，被写入了 2014 年颁布的《清华大学章程》。

顺着此纪念碑向北走不远处，是闻一多先生雕像，先生手持烟斗的坐像后墙上，是他的一句话：“诗人主要的天赋是爱，爱他的祖国，爱他的人民。”当我漫步到这里时，同样，看到了白雪映衬下的一束花，依然鲜艳。闻一多先生 1912—1922 年在清华学校学习，才华与血性并重，想当年五四运动爆发期间，他就手书岳飞《满江红》贴在学校食堂门口，在美留学期间则写了荡气回肠的《七子之歌》，至今传唱。记得 20 世纪 90 年代初我在清华园读书期间，还与同学们策划过话剧《失落的烟斗》，以梦境来讲述一个在校生与闻一多先生的对话，现在想来，也算一部“穿越剧”了。

从闻一多先生塑像向西走就是水木清华荷塘，水边坐落着朱自清先生的雕像，先生面朝东而坐，右手轻轻放在腿上，清瘦而洁白，静静地注视着春去秋来的荷塘和充满活力的学子们。每每看到这座雕像，想到先生临终前不到 50 岁、体重不到 80 斤，但仍坚持中国人的气节，坚持学术上的追求，感慨万千。在 1948 年上海文协和清华同学会上海分会举行的追思会上，鲁迅夫人许广平说："我从追悼文字中发现朱先生两句话，一句是他死前说的：'不要忘记，我是签字拒绝美援的。'这表示他保持中国士大夫威武不屈、富贵不淫、贫贱不移的高风亮节。还有一句话是：'我要向青年学习，但时间不许可。多给我时间，慢慢地来。'这是说，他并不夸张，切实，肯跟年轻人一起前进，是有前途的。"朱自清先生担任清华中文系主任 16 年之久，对清华的感情是细腻的，散文《荷塘月色》成为中国人的共同记忆之一，也成了清华园最好的"广告"，先生对清华精神的理解也是深刻的，在 20 世纪 30 年代他就说"清华的精神是实干"。

正是因为有了王国维、陈寅恪、朱自清、闻一多等许多学者，清华人文学科研究有了自己的独特风格，清华园有了自己的独特风骨。1988 年，在清华举行的"纪念朱自清先生逝世 40 周年座谈会"上提出了"清华学派"的命题。后来，清华中文系徐葆耕教授对此进行了深入研究，发表了著作《释古与清华学派》，系统总结了"清华学派"的学术思想及风格，其中的许多论述发人深思："在 1952 年院系调整后，'清华学派'结束了它在清华园的历史，但它依然活着，并且发展着。"今天重新解释传统，"从更根本的意义上说，是为了给现代中国人乃至人类'寻找精神家园'。"

我至今依然记得，当年曾许多次在清华图书馆老馆遇见在那里读书写作的徐葆耕老师，那种投入、满足与快乐的感觉溢于言表。他研究清华人文传统，既发掘其穿越时空的丰厚价值，也反思其不足，展望未来发展。在他看来，历史上的清华精神中缺乏形而上思维是一个弱点，而当代社会上的卑微的洋奴思想与浅薄的市侩气息也在渗透进校园,会导致清华优秀传统的失落。在交谈中，我能清晰地体会到葆耕老师的忧虑，更能感受到他希望从清华传统中找寻答案的努力。

吴宓先生曾说："传统＝现在中的过去。"对国人乃至人类来说，传统不是"有没有"的问题，而是"知不知"的问题。人类生存的物质世界日新月异，但精神世界却大致稳定。精神的追求与特质依然如百年前乃至千年前。更重要的是，许多物质冲突源于精神冲突，解决观念之争才是真正的和平之道，不论是世界的和平还是内心的和平，均是如此。如何以历史构建现实，以精神构建物质，成为当代人文学科发展的重要任务。

2020 年元旦前，张克澄兄来办公室聊天，带来他的新著《大家小絮：风骨清华人》，讲述了他的父母张维、陆士嘉和许多老清华人的故事。在这段安静的日子里，在清华园的办公室里，仔细读此书别有味道。

陆士嘉当年申请德国哥廷根大学力学教授路德维希·普朗特的博士生，得到的答复是“东方人数学不行，女孩子就更不懂逻辑了”，但她就是不信邪，刻苦自学，通过了特别考试，成为普朗特在关“山门”两年后重新收的学生，且是学生中唯一的外国人、唯一的女学生。有趣的是，冯·卡门是普朗特的第一个博士生，而钱学森在美国学习期间师从冯·卡门，因此有人曾开玩笑说陆士嘉是钱学森的“师姑”。新中国成立后，张维、陆士嘉成为清华历史上第一对教授夫妇。

令人感慨的是，在后来中国科学院增选学部委员时，陆士嘉获得严济慈、周培源、钱学森等 7 人推荐，但她得知后就给当时的中国科学院负责人写信表示不参加，把名额让给年轻人。还有 20 世纪 50 年代工资定级时自己申请自降一级，单位配汽车也不坐，等等。许多举动，仔细读来，切感何为“脱心志于俗谛之桎梏”，切感清华人之风骨。

书中还讲到了梅贻琦、蒋南翔两位校长和“清华香肠”的故事，让人对清华文化中低调做人、高调做事的内涵有了更生动的理解。

梅贻琦担任校长后，发现随着清华地位的上升，校中有人开始表现出对他人的不屑，于是就告诫同仁说，清华香肠好吃，清华人都知道，须知大街上也有卖香肠的，我们不必到处去宣传，外人在尝过清华香肠后便知清华真正的味道。

蒋南翔担任校长后，发现有清华学生到了工作单位骄傲自满难管理，就给同学们讲，到了新单位，不要急着亮清华牌子，要放下身段，虚心向老同志、工人师傅学习。真要是有本事，在工作中做出了成绩，得到大家的认可，那时知道了你是清华毕业生，你就给母校争了光，那时候清华因你而骄傲。你就是“清华香肠”！

读这些故事，我不禁会心而笑。在 2019 年年底清华本科生“新生导引课”的最后一节课上，我用现在学生们的语言表达了同样的期待，即“行跳形不跳”。这些“00后”的学生可以说是 21 世纪的“清华香肠”了。

这本书里的清华人物很多，故事很生动，也很细小，但却是“一滴水中见大海”，可以看到清华人对学术的追

求，对“俗谛”的淡然，还有对祖国的热爱。这些清华传统中的人、事与精神都成为当下清华的组成，依然在影响着一届届青年学子。

事实上，自 1912 年清华学堂改名为清华学校起，就以“培植全才，增进国力”为宗旨，以“进德修业，自强不息”为教育方针。从办学原点起，清华的精神与文化逐渐沉淀，日积月累，百年后成为这个园子的最大精神财富，水木烙印则成为许多清华学子的共同特征。

1912 年，清华首任校长唐国安说：“师生之间，首重感情；教育之方，端赖道德。”清华学子对母校的感情是无比深厚的。毕业于清华外文系的季羡林先生曾说：“每次回到清华园，就像回到我母亲的身边，我内心深处油然升起幸福之感，在清华的四年生活，是我一生中最难忘、最愉快的四年。”其实，对我来说，对许多清华学子来说，清华不是家园，却胜似家园（Tsinghua is not a real hometown, but is really a hometown）。

1924 年到 1928 年担任清华校长的曹云祥说：“吾人今日所汲汲者，不在输入文化，而在将所输入之文化如何融合，如何承受，令其有实用于国家。”清华学子对国家的感情是无比深的。徐葆耕教授就认为，“对于那些最优秀的清华人来说：民族尊严感是他们个性中最重要的、最顽强的部分。”

一个多世纪以来，许多清华人的言与行、思与情，点点滴滴汇成了清华园的风骨，如果用陈寅恪和闻一多两位先生的语言来说就是：发扬真理，爱国爱民。

或许，也可以用更简单的语言来说：知识与爱。

谨以此文庆祝清华大学 109 周年校庆。

国格、人格与体格

——谈谈早期清华的教育传统

清华于1911年建校，到1931年“九一八”事变爆发，经历了17年的清华学堂、清华学校阶段，3年的清华大学阶段，走过了相对平静的20年早期办学历程。在这20年中，清华师生们共同探索的教育理念、教育举措逐渐形成了清华的文化基因与校园气质，从校训到校风，从育人到学术，日积月累，成为清华内在的、深刻的精神财富。认识、传承与发扬这些精神财富，对即将迎来110周年校庆的清华具有返本开新的意义。这其中，最突出的教育传统，表现在对学生的国格、人格与体格的培养上。

一

1928年9月，罗家伦在国立清华大学校长就职典礼上发表题为《学术独立与新清华》的演讲，谈到，“要国家在国际间有独立自由平等的地位，必须中国的学术在国

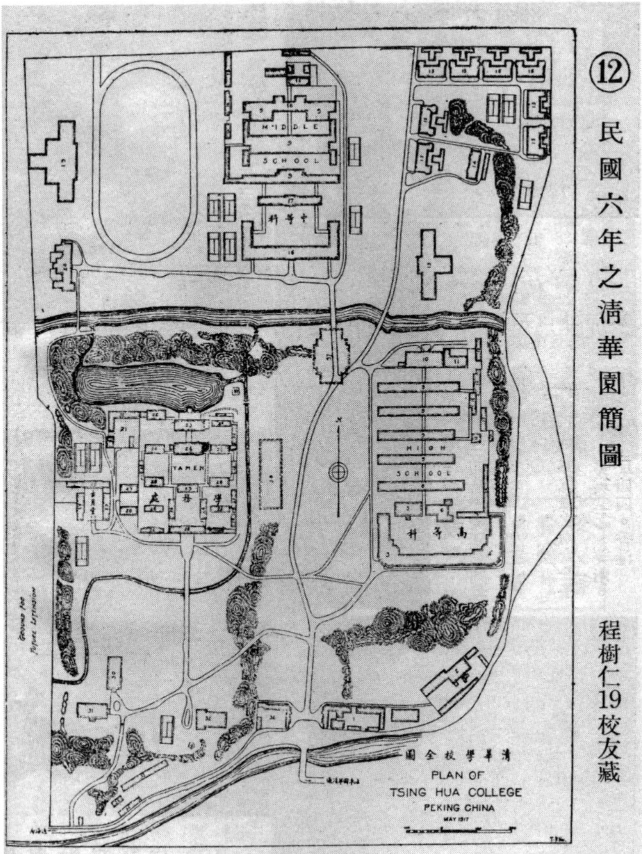

⑫ 民國六年之清華園簡圖

程樹仁19校友藏

际间也有独立自由平等的地位。把美国庚款兴办的清华学校正式改为国立清华大学，正有这个深意。我今天在就职宣誓的誓词中，特别提出‘学术独立’四个字，也正是认清这个深意。”这一在清华大学正式成立后发表的第一次校长就职演讲主题，从历史的视角看，无疑具有特殊的意义，传承了清华的办学传统，也昭示着清华大学的未来使命。

人们多知道清华起身于留美预备学校，却常常忽视在1911年《清华学堂章程》、1912年《清华学校近章》中，都在开篇明确标示清华办学“以培植全材、增进国力为宗旨”。事实上，培养人才、研究学术、报效国家，从清华建校起就成为清华基因中最重要的内核，代代相传。换言之，清华从建校之日起，并不因为其学生留学目标与国际教育特色而忘记自己的民族身份与使命。在1928年《国立清华大学条例》中的第一条，即说明清华大学办学“以求中华民族在学术上之独立发展，而完成建设新中国之使命为宗旨。”

1914年11月，梁启超在清华的演讲中对清华学子提出殷殷期望，演讲中提及的“自强不息、厚德载物”遂成为清华校训，深刻塑造了百年来清华人的气质。在这次演讲中，梁先生大声疾呼：“纵观四万万同胞，得安居乐业，教养其子若弟者几何人？读书子弟能得良师益友之薰陶者几何人？清华学子，荟中西之鸿儒，集四方之俊秀，为师为友，相蹉相磨，他年遨游海外，吸收新文明，改良我社会，促进我政治，所谓君子人者，非清华学子，行将焉属？”“深愿及此时机，崇德修学，勉为真君子，异日出膺大任，足以挽既倒之狂澜，作中流之砥柱，则民国幸甚矣。”

1925 年 10 月，清华校歌作者汪鸾翔在《清华周刊》上撰文《清华中文校歌之真义》，文中谈到：“诸君！诸君！诸君日处此暖炉电灯之旁，亦尚忆中原有无数饥寒欲死之困苦同胞否乎？诸君日游此书林艺苑之间，亦尚忆中国有无数毒如蛇蝎之军阀政客否乎？再远望之，彼沉沦于物质之迷梦，而日吸吾人精血以去者，更一望无涯，种种惨状，一出清华园门之外，即可见之。以佛家慧眼观之，真可谓地狱、饿鬼、畜生诸恶趣也。吾人幸尚不堕入此等恶趣之中，宜如何发奋救人？救人之法，万别千差。今日在校言校，且先从力所能及者做起，略为整顿学术焉可矣。与本校最适宜且今世最急需之学术，尤莫亟于融合东西之文化。固本校歌即以融合东西文化为所含之‘元素’。盖一国之有文化，犹一人之有技能。人无技能，不能生存于社会；国无文化，不能存在于地球。”

今天细读清华先贤的这些文稿，依然能感觉到作者们对清华学子的深切厚望，享受如此优质之教育，不仅要为小我谋职，更要为社会担责。今天，在百年未有之大变局下，更能体会到百年前先贤们的忧患意识与深刻洞见，“国无文化，不能存在于地球”，对当今中国来说，落后要挨打，领先也要挨打，唯有自强，别无他路；“异日出膺大任，足以挽既倒之狂澜，作中流之砥柱”，对于未来的中国来说，需要一大批具有使命感与创造力的青年才俊来引领发展，以大人才强大国家，别无他路。

对清华学子来说，选择清华，就是选择了对国家的责任，选择了以自己的才华与贡献来维护国家的尊严。一流人才不是只看一流分数，最根本的还是看一流贡献。进入清华的学习只能代表个人的学习成绩，离开清华的贡献才能代表个人的社会成就。时至今日，每年高考生中不过“万分之三”的学生能进入清华园，如此小比例的优秀青年才俊们，经过清华园的浸润洗礼，更应以改变社会、引领时代为己任，求真理，报国家，为人类。

二

清华从建校之日起，对学生完善人格给予高度重视。首任校长唐国安强调：“师生之间，首重感情；教育之方，端赖道德。”在1913到1918年担任第二任清华校长的周诒春明确提出：“我清华学校历来之宗旨，凡所以造成一完全人格之教育，未尝不悉心尽力。”

对学生人格培养的重视在清华教育中是一以贯之的。在1925年的开学典礼上，时任校长曹云祥在讲话中就指出：“所谓教育，并非专事诵读记忆而已。是欲养成高尚完全之人格，为立足社会之准备。否则，教育失其本旨。”

阅读早期清华的章程、管理规定，可以看到大量对学生品行要求的具体标准和表述。在1912年颁布的《清华学校近章》中，提出“本校学律注意改良气质，造成端正品行”，在1919年的《管理学生规则》中，第一条即写明要“注意训育良美气质，养成纯正之品行”。在选拔游学学生的标准时，用得最多的表述是“学行优美”。换言之，只有为人与为学俱佳者才能成为清华认可的优秀学生。

人格培养的目标是明确的，但如何开展人格教育呢？从早期清华的教育来看，日常生活的养成教育是人格教育的重点。周诒春在1913年写给清华学生达德学会的信函中讲：“愚谓育者，养也。养心莫善于寡欲，养气不外乎集义，心与气交养，斯成粹然之德。”为了实施“养”，清华的各项行为规则细之又细。在1915年的开学典礼上，周诒春就代表学校宣布两条规则：一是学生家里汇的钱到学校后由校方收管，学生用时需到校方说明用途才可领用；另一是学生每两星期必写一家信以慰亲心。

早期清华以严整主义的态度实施学生日常行为管理。根据1919年《清华一览》上刊登的《学生惩罚规则》，有38条不当行为细则，包括：在同学中有交恶情事者，任令他人抄袭课作者，拾得他人物品不交斋务处收存者，无病卧床晏起者，犯冒名匿名等事者，窃取他人财物及拆阅他人私信者，损害公私物品不认赔偿者，在校中布告文字上添注涂改或擅移位置者，在校内外损害学校名誉者等。对于违反这些规定的学生，轻则训诫、禁假、思过、记过以示警诫，重则责令退学。如此严格管理，皆为培养学生一种理想之生活，完全之人格。

在周诒春任校长期间，这种管理规则不但制定得细致严格，而且执行得也是细致严格。周诒春常对学生说："我不要你们怕我，我要你们怕法律。"他常把学生叫到办公室，不但检查学业，还要闻闻口中有无异味，问问是否经常洗澡。曾在早期清华学习7年的蒲薛凤后来回忆："当初对于学校一切规章制度之宗旨用意，初未思索，亦无说明，历久回味，始悟均合于德、智、体、群之目的。易词言之，德、智、体、群四育，均有切实具体之琐细办法，加以施行，使学生日常力行而养成习惯。"

曹云祥认为：“欲养成人格，于功课之好坏无甚关系，是人与人之接触。故欲求为人之道，大都在课外作业中养成，如运动、军操、组织团体之会社。”此言抓住了人格教育的实质，即在人与人交往中培养人格。由此看来，社会工作、社团活动、公益服务等都是非常必要的教育手段，是与课内知识学习同等重要的大学教育组成。

早期留美清华学生在课余会上街演讲，周诒春对此非常称赞，认为学生此举“不自私其所学，而殷殷以公德为重”“不特启侨氓之智识，亦可渐除外人之污蔑矣”。周诒春在任校长期间，鼓励清华成立了大量学生社会服务社团，或上街演讲，或进行职业补习教育，或支持贫寒子弟上学，周诒春也曾带领师生到校外修补旧路，参与社会服务。

吴宓在1926年清华建校15周年之际于《清华周刊》上撰文谈论清华教育得失，文中谈到，“公民道德”是清华毕业生的两大优点之一，“小之如不走草地，不随处涕唾，不私取他人信件，借人银钱必还，有约必到。大之如维持大局，力趋稳健，不使学校风潮扩大，不使学校卷入政治旋涡，不以党派权利及私人恩怨动起暴争。凡此皆清华学生之特长，高出于中国今日他校而可以自豪者。”有趣是的，20世纪20年代英国哲学家罗素来清华访问，曾发出赞叹："一进校门就可以发现中国惯常缺少的所有美德都呈现在眼前，比如清洁、守时和高效。我在清华的时间不长，对它的教学无从评价。但所见到的任何一件东西，都让我感到完美。"

三

在 1911 年颁布的《清华学校章程》中，明确规定："令各学生每晨体操十分时，每日午后运动一小时，习练各种体育技术。"从建校伊始，清华就把体育运动写入章程，而且规定十分具体，其对体育重视的严肃性与细化

度令人感慨。

早期清华的体育主要有“呼吸运动”与“强迫运动”两项：一是每星期一至星期六早晨，有 10 分钟呼吸运动，由体育教员带领学生在旷地上做种种柔软体操及深呼吸运动；另一是每星期一到星期五下午 4 时到 5 时进行强迫运动，全校学生必须穿短衣到操场上做各种运动，有体育教员巡视场际指导一切。1911 年进入清华学习的李济曾回忆，“每天下午 4 点到 5 点这个时候，一切的讲堂、寝室、图书馆都关门，学生们都必须到操场去活动。”

在周诒春看来：“体质之强壮与心力之健康常成一种比例”“欲保存我极危险之老大国，非于德育、智育之外，将前此文弱之旧习一一扫除而廓清之，决不能有济也！”显然，周诒春是将体格培养与国格培养、人格培养紧密联系在一起的。

正因为如此，在周诒春的支持下，来自美国的休梅克博士（Dr. Shoemaker）在清华建立了现代化的体育训练体系，使清华成为“中国最早设正规西式体育的学校”。同样，在他的支持下，1914 年马约翰来校任教，起初教化学，后转教体育，最终成为清华体育教育、中国体育教育的开拓者和旗帜型人物。

1927 年，时任清华教务主任的梅贻琦在《清华周刊》

发文《清华学校的教育方针》，文中专门谈及清华的体育教育理念，概括起来是：全员体育，刚性要求，体力增长。“凡在校诸生，每学期皆为必修，学分固不算在学分总数之内，然非体育及格者，不得与毕业考试。”“必使在校各个学生，皆得受相当之训练，使其体力增长，能应将来做事之需要，而毋为心知之累，斯为体育之真目的，斯为在校学生人人必须注意之工作。”

清华对体育的重视从建校之初起形成学校育人中的鲜明特色，体育精神弥漫在清华园的各个角落、各个时期。20 世纪 50 年代提出“争取为祖国健康工作五十年”，近年来又提出“无体育、不清华”，都体现了体育传统在清华的深厚影响。百年校庆以来，我经常参加西大操场的校庆跑圈，诸多校友绕着田径场 400 米跑道一起奔跑，每跑一圈后大家齐呼年号“1911、1912……”直至当年年号，共喊口号“健康工作 50 年、幸福生活 100 年”，每次沉浸在奔跑的队伍中都会为清华体育带来的精神魅力而感染。更令人赞叹的是，每次校庆跑圈活动中都有许多校友能把 100 多圈全部跑完。

1931 年年底，梅贻琦接任清华大学校长，12 月 3 日到校视事，上午 11 点在大礼堂召集全体学生训话。在这次讲话中，梅贻琦提出了著名的“大楼大师说”，提出了清华要保持俭朴作风，更提出了在当时紧迫的国势下清华人的责任。“我们现在，只要谨记住国家这种危机的情势，刻刻不忘了救国的重责，各人在自己的地位上尽自己的力，则若干时期之后，自能达到救国的目的了。我们做教师、做学生的，最好、最切实的救国方法，就是致力学术，造就有用人材，将来为国家服务。”这段话，90 年后读之，依然切中时下，意味深长。

早期清华的 20 年为百年清华奠定了以大礼堂、图书馆、体育馆、科学馆“四大建筑”为代表的校园空间基础，形成了以中西会通、文理会通、古今会通为特征的学术传统，更重要的是，确立了重视学生的国格、人格与体格培养的教育传统，这成为百余年来清华人才培养中的内核基因，无形而持续地发挥着作用，在悠长的清华历史与未来中历久弥新，隽永深邃。

谨以此文庆祝清华大学 110 周年校庆。

那一刻，我们回到了 20 年前

在 2016 年的校庆日，1991 级的同学们举行了毕业 20 周年纪念大会。这个大会是纪念活动的重头戏，为了这个大会，为了给同学们留下美好的记忆，各系的召集人开了多次会议商量。但是，即便一再推演，直到大会开始前，我们都不知道会是怎样的效果，因为现场是无法预料的。

在当天上午的清华大学主楼后厅，我和殷秩松、向春、郑耀、乔志诚等同学在现场紧张地忙碌着、观察着、期待着，担任现场总指挥的廖莹同学更是脚不沾地地前后调度。当看到同学们陆续进入大会现场，很快座无虚席；当看到同学们亲热地在一起拍照，很快气氛变得热烈起来，我们紧张的情绪逐渐放松了些。

9 点 30 分，当校领导们走入会场时，作为大会主持人，我大声地说道："同学们，我们的老师来了。""当年接我们入校的校长张孝文老师、党委书记方惠坚老师来了；当

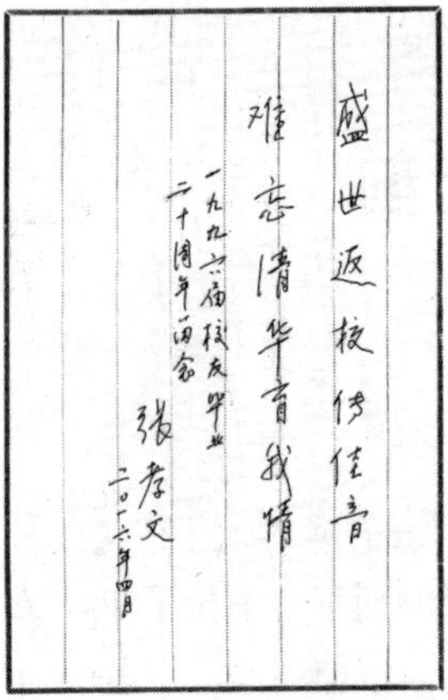

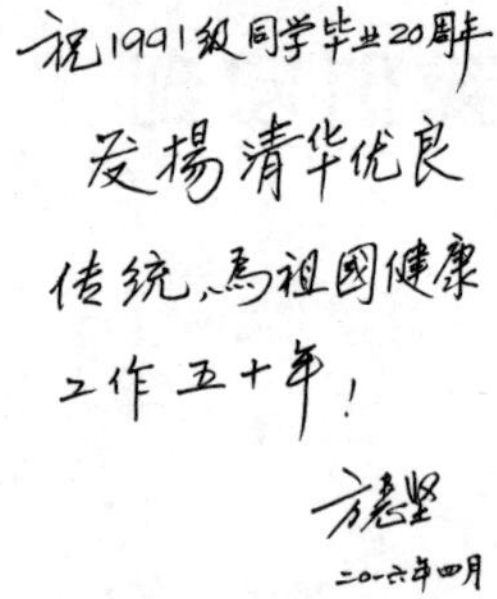

年送我们离校的校长王大中老师、党委书记贺美英老师来了；母校现任校领导邱勇校长、杨斌副校长、李一兵副书记来了。”会场气氛迅速达到高点。

祝1991级同学毕业20周年
发扬清华优良传统，為祖国健康工作五十年！
方惠坚
二〇一六年四月

全体同学自发地、热烈地、长时间地起立鼓掌，并且爆发出欢呼声。虽然同学们的年龄都已进入中年，不少人还是带着孩子一起来的，但见到母校老师时的激动如同“返老还童丹”，让大家都瞬间重返清华园的青葱时光。那一刻，我们仿佛回到了 20 年前。

邱勇校长首先代表学校讲话，开篇就说，跟大家见面后我才进一步感受到 1991 级的同学确实不一般。迎接你们入学的校长、书记，把你们送走的校长、书记，包括我

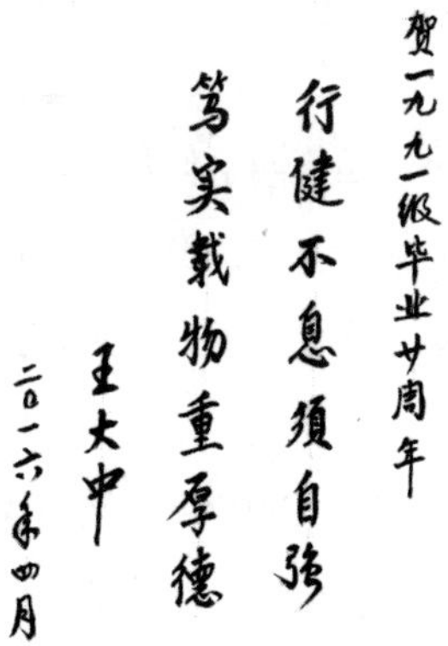
贺一九九一级毕业廿周年

行健不息须自强
笃实载物重厚德

王大中
二〇一六年四月

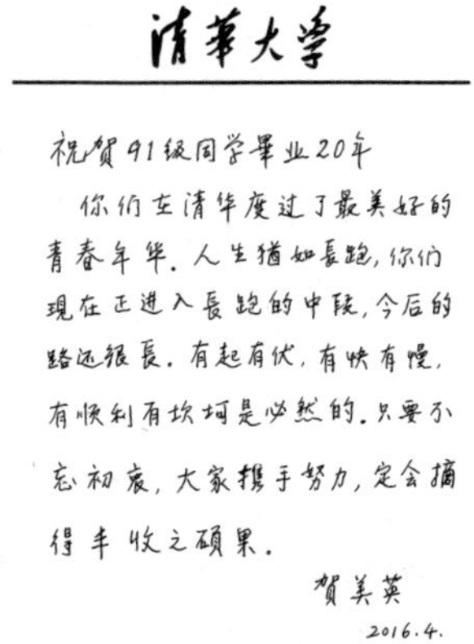
清華大學

祝贺91级同学毕业20年

你们在清华度过了最美好的青春年华。人生犹如長跑，你们现在正進入長跑的中段，今后的路还很長。有起有伏，有快有慢，有顺利有坎坷是必然的。只要不忘初衷，大家携手努力，定会摘得丰收之硕果。

贺美英
2016.4.

本人作为留在母校来接待你们的校长，我们都同时出现，这是不多见的。我代表学校欢迎1991级的校友们回家！这一开场白迅速把现场气氛掀起高潮，顿时响起热烈的掌声！邱校长称赞了1991级在校期间的活跃，为学校作出的贡献，毕业后20年的努力为母校增添了荣誉，相信未来20年一定会为母校带来更多光荣。整篇讲话虽不长但热烈而风趣，激发了同学们十余次笑声、掌声。在邱校长讲话后，我们年级的两位女生代表全年级给邱校长送了一张支票，专项支持母校图书馆北馆古文献室的藏书架购置。邱校长代表母校激情洋溢的讲话让同学们充满了温暖感，当他最后说到，“母校永远是你们的家，欢迎你们随时回家”时，现场爆发出热烈的掌声，经久不息。那一刻，我们仿佛回到了20年前。

大会的重头戏是请4位老领导一起与同学们见面。当4位老领导们刚刚起身，准备一起走上台时，现场立刻爆发出热烈的掌声，这掌声一直陪着老领导们走上舞台，持续而强烈。

我代表年级同学请4位老师回忆对1991级记忆最深刻的事情，并请老师们给我们年级同学寄语。贺美英老师回忆当年为了加强班级建设，培养“双肩挑”人才，在1991级设立干训班的故事；张孝文老师说，你们入学时的开学典礼是我讲的话，算作我给1991级上的第一课；王大中老师讲述了恢复“自强不息、厚德载物”校训的故事和自己对清华精神的理解，希望同学们锤炼品德止于至善；方惠坚老师最后说，我们都是“80后”了，还在工作，希望大家坚持锻炼，为祖国健康工作50年，上不封顶。4位老师讲话都很轻、很慢，但现场很安静，大家生怕漏掉半个字，每位老师讲话后都会响起长时间热烈的掌声。

4位老师讲话后，我们年级的4位男生上台给4位老师献了花、赠送了礼物。之后，4位老师走下舞台，离开会场。此时，现场再次爆发雷鸣般的掌声，全体同学再次自发起立，一如4位老师进场时的欢迎一样，同学们以最真诚的、最感激的情绪欢送4位老师离开，那掌声极其热烈，久久不能停息。我清楚地看到，许多同学注视着4位老师的眼眶湿润了，那种依恋之情难以言表。那一刻，我们仿佛回到了20年前。

我们请4位老师给我们年级写下寄语。张孝文老师是在家写好带到会场的，他对我说：你给我打电话后我就写了，但我现在手颤不好用毛笔，用钢笔写的。看到老校长在竖版信笺上认真的一笔一画的题词，我的心中满是感动。

4位老师的题词都表达了母校对自己学生的挂念与祝福。张孝文老师题词："盛世返校传佳音，难忘清华育我情"。方惠坚老师题词："发扬清华优良传统，为祖国健康工作五十年"。王大中老师题词："行健不息须自强，笃实载物重厚德"。贺美英老师题词："你们在清华度过了最美好的青春年华。人生犹如长跑，你们现在正进入长跑的中段，今后的路还很长。有起有伏，有快有慢，有顺利有坎坷是必然的。只要不忘初衷，大家携手努力，定会摘得丰收之硕果"。

在此次纪念大会上，还举行了首届"清华新百年基础教学教师奖"颁奖仪式。我们年级一起见证了学校这一新举措，见到了几位多年从事公共基础课教学、在历届学生中享有盛誉的教师。当这些获奖的老师们走上台时，同学们用热烈的掌声向这些老师们致敬！我不禁想起了自己当年背着丁字尺上“机械制图”课程，为了学好“高等数学”课程在图书馆里搜寻“吉米多维奇数学 5000 题”的场景。在那一刻，我们仿佛回到了 20 年前。

当天的活动结束后，我们年级的一位女生告诉我：早上在迎接邱勇校长来时给校长戴胸花，校长说：“为了校庆自己新买了一件西装。”同学问：“校长，新衣服能扎吗？”校长说：“当然可以了，今天是过节。”

活动过后的第二天清晨，我收到了汽车系张戎同学从印度发来的信息，他是前一天参加完纪念大会后就出国了，信息里说：“胡钰，你们可真行，把主楼后厅搞成时光机，让 4 位老领导带着咱们这么一大帮不惑的孩子来回玩穿越，一会儿回到青春开始的季节，一会儿又展望上不封顶的日子。4 位老师讲得一如既往的有感情、有意思，让人舍不得低头记笔记。其中，当年我直接接触最多的是贺美英老师。很遗憾今天坐得比较靠里没能够在贺老师退场时追出去说两句。”

他请我给贺老师转发一条信息。在发给贺老师的信息里，他说：“泪点已经调高了两格，但还是被您酸到鼻子。”“您娓娓道来，回忆起 1991 年第一次干训班迎接新生。虽然20来年没听这声音真没特意想过，今天听到就好像刹那间回到从前。建议您抽空把您的嗓音数采建模，将来校庆在‘梦回清华’虚拟现实网游中能点选‘找贺老师聊聊’，讲话内容可以根据游戏情节自设定。您的声音是我们这几拨学生清华体验的一部分。”

的确，对清华学子来说，校庆就是节日，母校就是家园，老师的声音就是记忆深处的永恒体验。

清华园里的园丁[1]

2010 年 3 月 24 日下午参加了徐葆耕老师的追思会。许久没有流过泪的我，看着大屏幕上一张张徐老师的照片，那熟悉、亲切的笑容，那曾经给予我的关怀，让我一次次热泪盈眶。其实,不只是我,所有发言人,顾秉林校长、胡显章老师等都是几度哽咽，还有人泣不成声。

1992 年，刚上大二的我和几个同学一道发起成立了清华大学学生影视欣赏与评论协会并担任会长。我当时是电子工程系学生，并不认识徐老师，只是听过他的课，但贸然邀请徐老师参加协会的活动，得到的是出乎意料的慷慨帮助。就此，徐老师担任了我们协会的顾问。他的顾问是名副其实的“又顾又问”，从活动组织到人员邀请、到经费筹集，事无巨细一一参与。

徐老师认为文理分科只能培养“半个人”，鼓励学生学科交叉融合走出“半人时代”。在他的鼓励下，我又到

1 本文收入周茂林主编《永伴清华前行的人——追思徐葆耕教授文集》，人民日报出版社 2011 年版。

中文系学习了科技编辑双学位，并在中文系读新闻传播学研究生，毕业后留在中文系工作。在一次次学业与工作选择中，在一次次遇到人生困惑时，徐老师都是我的重要引路人。

在中文系，我感觉就像是在一个温暖的大家庭，而徐老师就是位忠厚的家长。记得我刚留校第一次上课时很紧张，光讲稿就写了 2 万字，徐老师得知后特别耐心、幽默地告诉我如何讲课才能讲好。那种手把手的经验传承亲切而珍贵，我在大学教书期间也就刻意以徐老师讲课为模板来练习讲课。

徐老师给我留下的最深的印象是“勤奋”与“宽厚”，谦谦君子，孜孜以求，与人为善，成人之美。他是一位非常纯净的人，生活在纯净的世界里，也带给周围人纯净的氛围。至今，我还记得他 1998 年推荐我申报“朱自清语言文学奖”的场景。那是一个明朗的早晨，在文科楼三楼的办公室里，徐老师认真写了推荐意见并签了名，之后拍拍我肩膀爽朗地笑着说：“好好干，年轻人。”那个场景、那缕阳光、那串笑声、那份关怀，十余年了，常常想起，总是温暖。

清华园是我求学的丰厚土壤，更是我成长的精神家园。而徐葆耕老师，就是这家园中一位带着灿烂笑容的温暖的园丁。

徐葆耕老师于 2010 年 3 月 14 日离开我们，享年 73 岁。他在 1 月 3 日得知病情后平静地为自己写了生平纪略，文中最后一句是：“病魔出其不意地攫住了他，将他的才华和对这个世界的爱一起带走了。”其对生命之留恋与热爱表露无遗，读之不觉泪如雨下。

在追思会的最后，我们为徐葆耕老师三鞠躬，我在心里默念：祝愿徐葆耕老师天国永乐！

永远怀念徐葆耕老师！

永远带着温暖的笑容[1]

人的一生会认识许多人，但记住的人不多；记住的人不多，给自己留下美好记忆的人就更少了。在我的人生记忆里，孙殷望老师注定会是牢牢记住的一位长者，与他相处的日子成为我充满感动的美好记忆。

与孙老师的相识源于1995年我到中文系读二学位，之后我在系里读研究生，再后来留在系里工作，与孙老师相处的时间越来越多。我现在还记得，二学位班刚成立时我当班长，孙老师专门把我找去，仔细询问班里的情况，问得很细。他在谈话中特别提道："尽管大家来中文系都是读二学位，都有第一专业，但中文系把大家都看成是自己第一专业的学生，希望大家把中文系当作自己的家。"当时，他还特别交代负责系里教务的姚金霄老师要关心大家的学习和生活。

后来的学习生活也的确如孙老师所希望的那样，我们

1 本文收入蔡文鹏主编《清华精神的践行者——追思孙殷望教授文集》，清华大学出版社2015年版。

二学位班非常团结，尽管大家来自不同院系，但在中文系老师们的关心下，大家的确都把中文系当作一个大家庭。那时候，孙老师的办公室在文科楼三楼，他和徐葆耕老师在一个办公室。许多同学来系里办事，去过姚老师那里，常会去给孙老师和徐老师报告一下。同学们经常议论：中文系不大但很温暖，尽管系领导和老师不多，但他们对学生特别尽心，不论是对本系第一专业的学生还是对二学位学生，都关心备至，对学生提出的一些很具体的个人要求尽量帮助解决，对学生千差万别的情况也都如数家珍。这种良好的感情基础一直延续到现在，在毕业近 20 年后，我们二学位班的同学还会聚会，校庆时大家还会回中文系去看看。

1998 年我研究生毕业前夕，孙老师找我商量，让我留在系里工作，并负责学生工作。那时孙老师是中文系党支部书记、人文社科学院党委书记。从那时开始，我与孙老师的接触就更多了。学生工作中有困难、有情况，我都是直接找孙老师汇报。每次他都听得很认真，听完后经常会问问我的想法，再谈他自己的意见。至于学生活动请他参加，孙老师基本上是有求必应、逢请必到。他常说："同学们都很优秀、很可爱，从同学们身上我也能学到许多。"

孙老师人如其名，对年轻人成长充满殷殷期望。他经常对我说：“清华是有‘双肩挑’传统的，既要做党务行政工作，业务上也必须强。”因此，我刚留在系里当教师，第一学期系里就给我安排了本科生的“新闻理论”和二学位学生的“舆论学”课程。

当时我压力很大，就找孙老师谈心，希望以做学生工作的理由把课程减减。至今我还记得，孙老师听我说完，点燃一根烟，慢慢吸了一口，笑着说：“有压力挺好啊！战胜压力就更好啊！”之后他又讲了自己当年弃工从文的

经历，讲了自己面临多头压力时的情况，还传授了许多备课的心得。最后，他认真地说："你不但要讲好课，还要抓紧搞科研，要出些论文才好。"正是在孙老师的鼓励和帮助下，我开始了在清华的"双肩挑"工作。至今想来，对孙老师的感激之情难以言表。

时光如白驹过隙。2014 年 6 月 14 日，在为清华、为祖国勤勉地工作了 53 年后，孙殷望老师离开了我们。总觉得昨天才见过他，但今天他却走了；总觉得他不应该这么快就走的，但他还是走了。其实，就在孙殷望老师离开我们的 4 个月前，姚金霄老师走了；更远些，4 年前，徐葆耕老师也离开了我们。这些老师这么快走了，实在不舍啊！

回想当年在中文系读书工作的日子，这些老师给予我们的关怀是那么温暖，记忆是那么深刻。我们常说清华人的凝聚力强，其实一个重要原因就是这些老师们身上体现出的清华人的厚德与自强，让清华学生对老师、对母校产生极强的归属感。

人走了，是一种遗憾；但记忆留着，就是一种财富。在我的记忆里，孙殷望老师永远是带着温暖的笑容的模样。

文科楼 304

2023 年暑期的一天，我接到学校档案馆馆长范宝龙老师通过微信发来的一张照片，打开一看，目光瞬间凝住，这是一张聘书老照片，内容是："兹聘请范宝龙同志担任清华大学人文学院新闻与传播学专业攻读硕士学位研究生胡钰、易涤非的硕士学位论文答辩委员会委员（兼论文评阅人）。"答辩时间是"5 月 26 日上午 8:30"，地点是"清华大学文科楼 304"，落款是"清华大学研究生院、一九九八年五月十二日"，还加盖了红色的椭圆形清华大学人文社会科学学院研究生专用章。

看到这张照片，思绪迅速回到 20 余年前在人文社会科学学院读研究生的日子。当时我的专业归属于中文系，而中文系办公室就在文科楼（现在文北楼）三楼，那个时候，经常要到文科楼三楼来办事，三楼几间办公室都是朝阳的，记忆里每次来时，都是进入了一间间阳光房，房子里的老师们也都是笑语盈盈的，见了面都很亲。人文社会科学学院党委书记孙殷望老师、副院长兼中文系主

任徐葆耕老师就在这个三楼办公，还有许多行政、教务的老师们，感觉当时的文科楼三楼就像一个大家庭般温暖。

1998 年研究生毕业后，我留在了人文社会科学学院中文系工作，来文科楼三楼的机会就更多了。作为青年教师，那时我是既兴奋又忐忑还有些局促，兴奋的是开启了人生新阶段成为教师，忐忑的是如何当好教师，局促的是刚刚留校作为“青椒”口袋空空。当时的许多老教师们给了我许多的帮助，与我聊怎么样把课上好，把他们备课的资料给我，让我逐渐进入了教师的轨道。当时我主要给中文系本科生、二学位学生讲“新闻理论”和“舆论学”课程，在文科楼三楼，还会经常与同学们见面。

文科楼304房间是一个会议室，在这里，留下了我许多的记忆，有许多老师和同学在这里与我聊过天，那里的笑声与阳光至今记忆犹新。

记得某一天，当我来到文科楼三楼时，中文系管行政的老师把我拉到304房间，递给我一个小蓝本，我问："这是什么呀？"行政老师答曰："系里给你拨了点钱，你可以买书、复印、出差用，这个本子用来记账，每次花钱记在这个本子上，到我这里来报销。"看我愣在那里，又补充了句："钱不多，省着用啊！"

后来我才知道，因为有几次来文科楼时我说起自己经济上不宽裕，不敢买书不敢出差，被系里老师们听见了，于是就商量着给我拨了一点经费，帮我运转起来。现在看来，那个经费的额度很小，不过几千块钱，但对于刚刚留校的我来说，却是一块温暖的"自留地"，在这块地上，我可以自己"种菜摘果"。那个小蓝本被我保留了很多年，每次看到，都能感觉到系里的温暖。

我所在的新闻传播专业后来单独成立了新闻与传播学院，我也就离开了人文社会科学学院，但依然觉得那里就像另一个大家庭一样，特别是文科楼三楼总让我觉得非常熟悉、亲切。

2023年，新闻与传播学院院馆加固装修，学校分配我们学院临时搬迁到文科楼三楼来办公，又重新回到了20余年前工作的地方，分外熟悉、亲切。更令人难以置信的是，学院给我分配的办公室正是：文科楼304。

现在，每天在文科楼304办公，沐浴着洒进屋里的阳光，看着窗外满眼的绿树，我还会时常错觉般地回到20余年前的日子里，忆起当年与老师们、同学们在一起的场景。我的学生们来找我时也常会感慨说“胡老师的办公室真是一个阳光房”，我就会给他们讲当年的故事与感受。我很乐意把这种“阳光感”传递下去，传递给一代又一代的清华学子，让他们感受到清华园的温度，让他们带着清华园的温度开启人生的漫长旅途。

在当时给范宝龙老师回复的微信中，我写道：“学校请您担任档案馆馆长确是实至名归。”能够把20余年前的一张小纸片保留下来，而且如此清晰完好，这的确是需要有档案意识的。更感谢的是，没有这张照片，我又何曾记得自己研究生答辩的具体房间呢？又何曾有这种美妙的时空穿越感呢？

此时写下这些文字时，午后的阳光洒进文科楼304的大窗户里，窗内满室阳光灿烂，窗外满眼绿意盎然，其实，这也正是20余年前清华园留在我脑海深处的气质印象。

敦品十年

2024年校庆期间，接到校友总会老师的通知，让我讲讲设立敦品励学金的故事。于是，我翻箱倒柜找这些年设立过程的一些文件往来、文字记录，尽管许多资料都没有了，但找到的一些资料还是让我把这个励学金设立历程勾勒了出来。

我一直有阅读校友总会刊物《水木清华》的习惯，记得是在2014年的一期刊物上看到一则告示，说学校准备设立“清华校友—勤工励学基金”项目，其考虑是为了进一步强化励学金的育人功能，将励学金工程由“助困、奖优”扩展到“酬勤”，倡导“通过劳动获得报酬，通过实践增长才干”的理念，由校友捐资，用于勤工助学学生的薪资发放。当时看到这则告示，不知为什么，立刻打动了我。在清华里，各种各样的奖学金很多，奖励学业优异的学生，但根据我自己在清华学习和工作的经验，学业优异的学生固然应该奖励，而那些学业排名不很靠前、但自己很努力且家境很差的学生同样体现了自强不息的精神，也是应该奖励的。

于是乎，我联系了校友总会，提出响应学校号召，设立一个励学金。校友总会的老师回复非常热情，帮我办理相关手续，在命名的时候问我想起一个什么名称，以往的惯例多数可以捐赠者个人名字命名，当然也可以新起名。在沟通过程中，我仔细想了想，觉得这个励学金主要还是为了支持在校学生砥砺品性，让学生们靠自己的劳动、自己的努力在校园中自立，名称应该反映设立这个励学

金的核心理念，就定下了“敦品”作为名称。“敦”的意思有两层：一是敦厚、厚道；二是督促、勉励。“敦”与“品”联系在一起，很好地反映了设立敦品励学金的初衷：砥砺品性，自立自强，成为有能力的厚道人，成为爱祖国、爱人民的清华人。

翻看当年的记录，想想至今，这个励学金已经走过10年了。

2014年设立“敦品勤工励学金”，此后，根据学校管理安排，转成“敦品励学金”，2014—2022年共资助20名学生。2023年，根据教育基金会老师的建议，我又捐赠了一笔钱将“敦品励学金”转为留本基金，当年资助2名学生。此后，可以永久地每年使用留本基金利息，稳定资助在校学生3~4人。

每年励学金发放后，我都会收到校友总会转来的受资助学生写来的感谢信。读着这些信，我由衷地觉得这个励学金的设立是无比正确的决定，是很有意义的行为。2017年时，我收到了一位受资助学生的来信，谈到他来自于一个国家级贫困县，家庭所在地三面环山，经济落后，父母是普通农民，但这个学生立志要好好学习，减轻家庭负担，来到清华后，在学习上很努力，参与各种勤工俭学以劳动获得收入，而且还积极参加志愿活动到小学支教、给游客讲解清华园。他在信中最后说："两年以来，我对清华的校训有了更深刻的认识，自强不息，厚德载物。自强要不息，努力不能停止，所以在今后的学习生活中，我一定要更加努力，取得更大的进步。厚德载物，像您一样，学有所成为祖国、社会贡献自己的力量。"

每次读到这些在校学弟学妹们的来信，对我自己也是一种勉励，勉励自己要牢牢记住清华人的职责，践行清华精神与清华文化，更努力地追求卓越、提升道德。

我常常觉得，这个励学金是为在校生们设立的，又何尝不是为我自己设立的呢？在与一年又一年优秀的受资助的清华学子们的交流中，我同样获得了前行的鞭策：总是自省，不敢停息。

这其实就是清华园的魅力所在，在这个美丽的园子里，大家都在让自己变得更加美好。对每一个清华人来说，不论是在学期间，还是在毕业之后，水木烙印永远都是存在的，而且随着时间的推移，这种烙印会越来越深。我想，小小的敦品励学金，就是为这美丽烙印上增添了一个小小的印迹。

因为爱清华，所以愿意为这个校园做一些贡献，给这个校园里的青年学子们提供一些帮助。力所能及，乐在其中。祝愿清华园和清华学子们越来越美丽！

在清华当辅导员[1]

清华园是我求学时代的成长土壤，更是我人生道路上的精神家园。一个人从18岁到30岁在一个地方度过，这个地方对他的烙印一定深刻而持久。我就是在清华园里度过了这宝贵的12年，其间，求学让我从师长手中继承了知识与探求知识的严谨态度，而政治辅导员工作让我从感性与理性上更加明确信仰的方向与实践信仰的道路。

我是1991年进入清华大学学习的。本科阶段，我的社会工作没有间断过，5年里，先后在团支部、年级团总支、学院团委、校学生会和校团委担任过一些工作。这些工作让我接受了清华学生工作的基本训练。研究生阶段开始正式担任辅导员，担任人文学院团委书记和两个本科生班的辅导员。之后又担任院学生工作组组长、院党委副书记。我热爱辅导员工作，因此，在这个岗位上认认真真、乐此不疲地忙碌着。1998年研究生毕业留校工作后，

1 本文收入杨振斌主编《双肩挑50年——清华大学辅导员制度五十周年回顾与展望》，清华大学出版社2003年版。

客观地说，自己的教学、科研任务很忙，既担任本科生、二学位学生、留学生的多门课程教学任务，又承担各种科研项目，参加各种学术活动，而且自己对自己在业务上施加的压力也很大，但对辅导员工作，我没有放弃过，甚至没有放松过，直到工作调动离开清华。

辅导员工作让我深深体会到清华人的爱国情怀。通过组织各种报告会、访谈、座谈会、社会实践活动，我清晰地看到，一代代优秀的清华人，始终将个人的发展与国家的需求紧密结合，投身经济建设和国防建设的岗位，在奉献与磨砺中成长。从许多学长的身上，我看到清华人对祖国矢志不渝的报效之情，也看到了祖国人民因此对清华人寄予的厚望。在做辅导员时，我喜欢在暑期安排学生到山区、农村去社会实践，因为我总认为这些地方是中国国情的真实体现，也是青年学子迫切需要了解的社会知识空白。记得曾经带本科生到贵州毕节山区社会实践，仅仅一周时间，一位来自大城市的同学在座谈时就感触地说："这一周，我真正懂得了什么叫'人民'。"抽象的概念变得具体，枯燥的阐述变得生动。那一次座谈会让我体会到辅导员工作的意义所在。后来，我又带研究生到福建南平社会实践，当地干部群众对知识、人才的真诚渴求再次打动了同学们。这些生活在大城市的男孩、

女孩们感叹原来对基层的了解是如此肤浅，感慨我们的广大基层干部群众是如此可爱，感到社会实践的时间是如此短暂。离开时，当地政府举行了隆重的表彰和欢送大会，给每位参加实践的同学送了刻有“建设闽北，服务人民”的瓷盘作纪念。这又让我和许多同学久久不能忘怀。

辅导员工作让我对清华优秀的精神传统有了更深入的把握。自强不息与厚德载物是内化于优秀清华人身上的品质与准则；行胜于言是共生于优秀清华人的行为习惯；严谨与严格是激励清华人不断追求完美的重要动力。我曾一次次不厌其烦地领学弟、学妹们去看礼堂前的日晷、礼堂内前顶上的校训印徽，而在新生教育中、军训动员中总是会把许多精神蕴涵深厚的故事一遍遍讲述。我给同学们讲，进了清华门不一定就是清华人，重要的是体会并融入到清华的精神世界中，从中汲取营养并付诸实践。事实上，当一个学生离开学校若干年后，学校教给的知识可能会淡忘，但这个学校赋予的精神积淀将持续地发挥着影响。

辅导员工作让我实现了工作能力与政治素养的“双丰收”。辅导员工作做的是人的思想工作，面对面谈话是基本功，各种文体活动及会议的组织是必要手段，带队伍更是核心任务。这些在辅导员工作中点点滴滴积累起来的组织、协调、交流能力，对我走入社会参加工作发挥了重要支撑作用。记得老学长艾知生一次在给我们座谈时曾说：你们从事的工作面对的对象是人，这是较之物理对象、化学对象更复杂的对象，因此你们的工作并不比物理研究、化学研究简单。这番话给我的印象很深，既让我进一步了解了做好辅导员这份工作的重要意义，也让我对辅导员工作的艰巨程度有了更深刻的认识。

辅导员工作从根本要求上讲是一项政治工作。这个工作不仅是日常管理和道德教育，最重要的是要让受教育者具备正确的政治立场、观点和方法。这对一名辅导员的政治素养提出了较高的要求，其主要内容包括：信仰的坚定程度；理论、政策的熟悉与运用程度；组织纪律的遵守程度等。这些素养的积累来自丰富的实践，同时更需要扎实的理论学习。这种对辅导员工作性质的认识和对这份工作的热爱，直接影响了我读博士时的专业选择，我选择了本校的马克思主义理论与思想政治教育专业。在从事辅导员工作时，我始终以“干事业、做学问”的态度要求自己，面对实践的难题和理论的空白，坚持进行理论探讨，力图从规律层面把握，力求站得更高些。不论是社会思潮中的难题、理论界的争鸣问题，还是工作中具体的困难，都力争上升到理论层面，以求从深层次上把握工作方向和技巧。每年参加学校组织的暑期学生思想政治工作研讨会，我都积极撰写文章参加交流讨论。遇到一些思想困惑与工作难点,学校里许多老“团干”、专家教授都成为我最好的老师。围绕思想政治工作领域的重大问题，我还参加和主持了国家社科基金、教育部、北京市的一些课题研究。这些努力，让我感觉自己从工作的必然王国向自由王国不断迈进。

1978 年，老校长蒋南翔受邓小平同志委托对清华大学等几所高校进行调查。他在给小平同志的报告中强调，学校的政治工作队伍需要重新建立。“大家反映，清华在 17 年间建立起来的政治工作制度还是行之有效的。”“这些同志来自基层，不脱离教学，既是干部又是教师（或学生），在政治上、业务上都能起骨干作用，因而便于深入实际，联系群众，把政治工作同教学、科研工作结合起来一道去做，较好地发挥政治工作的统率作用和保证作用。”历史事实证明，这种“双肩挑”的制度，的的确确成为清华大学坚持社会主义办学方向的重要经验。正是在这种制度下，又红又专的成长道路成为一代代清华人自觉坚持的信念。

1992 年，我在校报《新清华》上发表了入校后的第一篇文章，题目是《扎根人民　扎根实际》。这是学习钱学森先生给清华大学力学系博士生班同学回信而写的小文章，其间对这位为新中国做出杰出贡献的老学长走过的道路表达了自己的仰慕与赞赏。今天看来，我很欣然，因为这篇略显稚嫩的文章代表了我当时的朴素的价值判断，也依然代表了当前以及今后我更加理性的人生道路的选择。不论是 20 世纪五六十年代还是现在，青年人只有投身于广大人民的生活实践中，与国家需要紧密结合，才能成为社会主义事业的合格建设者和接班人，为中华民族的复兴大业添砖加瓦。

感谢辅导员工作让我的理想更加坚定而具体。

愿辅导员制度如松柏常青！

基础与基石

在 2016 年的清华大学校庆日上，首届“清华新百年基础教学教师奖”颁奖仪式举行。我有幸和 1991 级毕业 20 周年返校的近千名校友一起见证了学校这一新举措，见到了几位多年从事公共基础课教学、在历届学生中享有盛誉的教师。

当建筑学院常年开设低年级基础课的秦佑国老师、机械系开设“工程制图”课程的田凌老师、航天航空学院开设“工程力学”课程的殷雅俊老师、自动化系开设“数字电子技术基础”课程的王红老师（数学系“微积分”课程主讲老师扈志明因故缺席颁奖仪式）等一一走上台，邱勇校长向他们颁发证书时，同学们用最热烈的掌声向这些老师们致敬！在那一刻，同学们仿佛又回到了 20 余年前的基础课课堂上。

基础课学习是学生学业的基石。《礼记》上说：“行远必自迩，登高必自卑。”对于甫入大学的学生们来说，学习的起点就是一门门基础课，从基础课中发现学术的浩瀚

与个人的志趣；学业的基石就是一门门基础课，不论今后取得何种学术成绩与事业成就，基础课扎实才能站得牢、走得远。基础课为学生们描绘学科的基本框架，传授学习的基本方法，深刻地留存于学生们的记忆中。

基础课教师是师资队伍的基石。肯于、善于把基础课教好的教师是学校的宝贵财富，尽管他们在学术界的影响可能不大，论文可能不多，但他们是把青年人从中学生变成大学生的第一引路人，是大学学习生涯中的第一教练。许多知名的学术“大牛”可能让学生钦佩却无缘相见，但优秀的基础课老师会让学生们亲近而成为永远的记忆。在那天的颁奖仪式上，许多同学热议起自己当年的基础课老师，迅速激起共鸣。即便是那些被称为“四大名捕”的老师，也让大家怀念不已，那种热烈的场面难以自抑，为什么？因为这些老师为学生们空白的学业背景上画上了鲜亮的第一笔，成为大家青春起点的共同经历。

基础课教学是大学育人的基石。好的基础课不仅教会学生们如何学习，更教会学生们如何成长。低年级同学在基础课上，不仅学习知识，也在观察老师。观察老师的做派、思想、风格，更是在期待老师，期待老师能解答自己的困惑。好的基础课老师，不仅进行知识传授和能力培养，还会担负起价值塑造的育人职责。此次校庆日前，我参加了“邢家鲤育人基金”捐赠活动。当年，邢老师开设的就是基础课“马克思主义基本原理”。在捐赠活动中，许多同学回忆起邢老师推荐读书，课后为学生解疑释惑，这些教育让学生们掌握了思维方法、明确了人生方向。前来捐赠的同学都是打拼成功的优秀企业家，但他们记忆最深的依然是邢老师告诉的人生道理。这种育人成果的直接体现就是：当母校需要时，他们会在很短时间里尽己所能来支持母校更好地立德树人。

在个人主义、功利主义凸显的社会思潮中，能坚守在基础课教学岗位上数十年如一日的好教师，的确令人尊敬。他们不仅是一个学校誉满天下的基石，也是一个国家昂然屹立的基石。

回归大学之本[1]

当代社会对大学提出的需求越来越多，大学要回应这些需求推动自身发展，但在回应社会多样化需求中，大学一定要守住自身的育人使命。如果大学不能守住这一立身基点，对自己的定位不清晰，就会在纷繁的社会大潮中迷失自我。清华大学校长邱勇提出：一流本科教育是一流大学的底色，没有本科教育水平的提升，就很难实现建设世界一流大学的目标。这是根据大学的根本任务作出的重要判断，是做好大学教育教学改革的重要原则。

古人说：君子务本，本立而道生。大学教育者是培养君子的君子，更要务本。大学之本在育人，这是根本任务。大学可以承载许多社会功能，大学教师可以承担许多社会职务，但切不可忘记，既为学校与教师，要能名副其实，就要把育人作为首要使命。而要育人，就要从学生入校时、年轻时抓起，越早越有可塑性。因此，在大学育人中，

1　本文刊载于《光明日报》2016 年 8 月 23 日。

本科教育是基本，是培养一流人才最重要的基础。

明确了大学的育人之本，大学之道就清晰了。这个道就是育人规律。学校的各项发展要以育人规律为遵循，以加强一流教育，特别是一流本科教育作为重点，关注本科生发展特征、成长规律，全方位提高本科教育质量。本科阶段是青春与人生的重要起点，是一个青年人开始独立学习、生活与社会化的重要阶段，在这个阶段，要传授知识与培养能力，但更重要的是塑造价值。前者是工具理性，后者是价值理性。

大学是求知的学校，也是成长的土壤，更是精神的家园。好的成长土壤要提供全面的营养，好的精神家园要提供情感的纽带，营养与纽带都要经得起大时间尺度的检验。而这两者，都需要大学提供正确的价值引导，关注以价值观为核心的品性的养成，告诉青年学生如何判断是与非、善与恶、美与丑；告诉青年学生如何选择精神与物质；告诉青年学生如何融合小我与大我。学生对学校价值的认同会深刻地影响学生对学校的认可程度与归属程度，而学生毕业后表现出来的整体气质也会反映出大学的价值取向。

道生而体成。明晰了大学之道，就有了大学之体，即建立完善的大学育人体系。纵观世界各国名校，对本科

教育都给予了充分重视。最近笔者在牛津大学访学期间，深感牛津对本科教育的重视，其最引以为豪的制度体系就是面向本科生的导师制度。每个牛津的本科生一入校就会拥有自己的导师，导师要与学生经常见面，基本保持每周一次、每次一小时、每次一对一或二三人，在大一时甚至每周要见两次。如此高密度的、近距离的指导，让本科生在学习、生活的全过程获得了大学给予的最直接、最及时的指导。牛津的本科生对这一制度体系的认可度非常高，许多学生回忆起牛津的本科生活，首先就会想到自己在导师制度中获得的教益；牛津对此制度也非常推崇，在其本科生招生手册上，开篇就有对此制度的介绍，并明确表明，通过这个制度，给予本科生个人化的关注，帮助学生全面成长。

建设高水平本科教育体系，对提升本科教育质量至关重要。这种教育体系要能够覆盖本科生成长的全过程、全方位，影响到本科生成长的各个环节。在课堂教学上、在社会实践中、在日常生活里，都有育人的任务。重要的是，通过育人制度体系的建立，保障育人目标的实现。清华大学建立的政治辅导员制度、体育代表队制度、文艺代表队制度等就是很好的教育体系，对本科生成长发挥了不可替代的积极作用。

体成而在用。建立了大学之体，重要的就是充分发挥这一育人体系的作用，使得大学之用聚焦在育人上。大学的育人体系建好不易，建好后要能发挥作用更不易，这要靠每个教师的共同努力，也就是常说的全员育人。在育人体系的运行过程中，大学的教师与管理者们一方面要从思想深处认识到本科生培养的重要性，保持对本科生的关注；另一方面，要从人的全面成长的角度而不仅是分数提升的角度给予关注，目标是点燃每个学生内在的学习动力、前进动力。

在当代社会里，青年学生的个性、兴趣、特长愈发多样，每个人都有自己的潜力。用心的教育者要能做到因人而异、因材施教，关注到每个学生不同的成长选择。

在笔者面向本科生的新闻专业课程上，就有一位工科学生告诉笔者，因为热爱新闻传播学科，一学期选的课程都是新闻学院的，反而本专业的课程没有选，而这位学生在新闻专业课程上的成绩非常好。于是，笔者鼓励该学生申请转系到新闻与传播学院并作为推荐人。在转系成功后，这位学生告诉笔者，转系后获得了前所未有的学习主动性,觉得自己内在的奋斗激情被点燃了。事实上，当每个本科生都能获得这样的个性化关注、引导与帮助后，就能实现“入校一色、出校万彩”的育人效果。

今天的大学承载的功能前所未有的多样、复杂，在学校中学习的群体也是前所未有的多样、复杂，但不论怎样多样、复杂，育人始终是大学之本，而本科生始终是一所大学的最大特色、最大资源、最大优势。大学之本、道、体、用是一致的，一流大学要有一流教育，特别是一流本科教育，进一步突出本科教育在育人过程中基础性、全局性的地位。回归这一大学之本，才能广育祖国和人民需要的各类人才，才能建成具有深厚底蕴与持续生命力的世界一流大学。

丰厚的安静

近来在学校里接待不少朋友，发现一个很有意思的现象：每每陪来访者在大礼堂前、水木清华参观时，大家都会不约而同地感慨“清华真美”“校园真安静”。听得多了，仔细想想，觉得这真是清华园的魅力所在。因为安静，所以适合读书；因为安静，所以荟萃大师。

我曾邀请台湾朱高正先生来清华“新人文讲座”讲《近思录》，演讲题目是：走进传统文化的殿堂——《近思录》导读。《近思录》被钱穆先生列为中国人必读的七部经典之一，是理解宋代理学、中国儒家乃至中国传统文化的入门之作、集成之作。研读此书，对于当代大学生传承中华文化无疑至关重要。

在讲座前，我照例陪朱先生在校园转转，来到闻一多先生塑像前，老先生仔细看了看塑像基座上的生卒年月，感慨道:“闻先生才活了 47 岁，太可惜了！那么短的时间，那么苦的条件，他却写了那么多著作，我们后人怎能不努力呢？”走到朱自清先生像前，老先生依然是发出同样的感慨。

朱先生的学问来自于极其勤奋的治学态度，尽管他已经年逾六旬，仍天天默诵经典，力求烂熟于胸。他有一个小窍门，把经典摘录，做成小卡片带在身上，利用碎片化时间背诵。即便在喧嚣的机场等候行李，他依然能够安静地记诵。在当天的讲座中，朱先生自豪地说，自己对一些中华经典的熟悉程度能做到“跳背如流”。在当天的讲座后，我专门向朱先生要了一张小卡片留作纪念。

遗憾的是，2021 年 10 月 22 日，朱高正先生仙逝，享年 67 岁。他为世人留下了《近思录通解》《传习录通解》

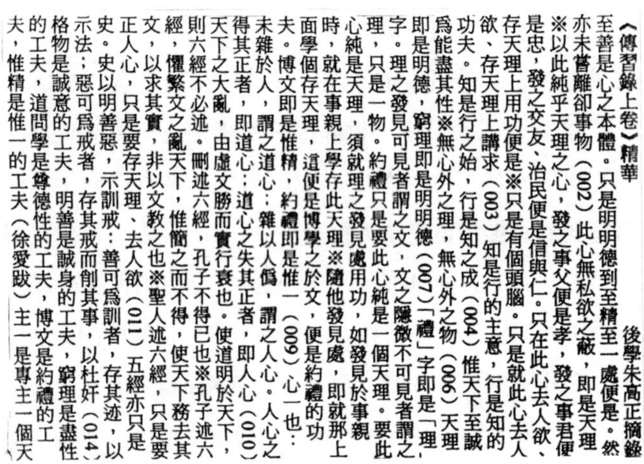
《傳習錄上卷》精華　後學朱高正摘錄
至善是心之本體。只是明明德到至精至一處便是。然
亦未嘗離卻事物（002）此心無私欲之蔽，即是天理
※以此純乎天理之心，發之事父便是孝，發之事君便
是忠，發之交友、治民便是信與仁。只在此心去人欲、
存天理上用功便是※只是有個頭腦。只是就此心去人
欲、存天理上講求（003）知是行的主意，行是知的
功夫。知是行之始，行是知之成（004）惟天下至誠
爲能盡其性※無心外之理，無心外之物（006）天理
即是明德，窮理即是明明德（007）「禮」字即是「理」
字。理之發見可見者謂之文，文之隱微不可見者謂之
理，只是一物。約禮只是要此心純是一個天理。要此
心純是天理，須就理之發見處用功，如發見於事親
時，就在事親上學存此天理※隨他發見處，即就那上
面學個存天理，這便是博學之於文，便是約禮的功
夫。博文即是惟精，約禮即是惟一（009）心一也：
未雜於人，謂之道心；雜以人僞，謂之人心。人心之
得其正者，即道心；道心之失其正者，即人心（010）
天下之大亂，由虛文勝而實行衰也。使道明於天下，
則六經不必述。刪述六經，孔子不得已也※孔子述六
經，懼繁文之亂天下，惟簡之而不得，使天下務去其
文，以求其實，非以文教之也※聖人述六經，只是要
正人心，只是要存天理、去人欲（011）五經亦只是
史。史以明善惡，示訓戒：善可爲訓者，存其迹，以
示法；惡可爲戒者，存其戒而削其事，以杜奸（014）
格物是誠意的工夫，明善是誠身的工夫，窮理是盡性
的工夫，道問學是尊德性的工夫，博文是約禮的工
夫，惟精是惟一的工夫（徐愛跋）主一是專主一個天

《四书精华阶梯》等著作。

中华传统文化是浩瀚的，滋养了中华民族生生不息的发展。这种文化的涵养是“日用而不知的”，而要做到“日用而知”“日用而亲”，就需要对中华传统文化价值有清晰而坚定的认知。“人文清华讲坛”曾邀请陈来先生主讲“守望传统的价值”。陈先生讲到，不能以富强、科学与民主作为唯一标准来评判传统，片面发展只重视功效的工具理性，会导致价值理性视野的缺失。听到这一论断，让我心有戚戚焉！这种对中华传统文化价值的评判视角，有利于当代中国人重树文化的自信，共建精神的家园。

其实，人的存在始终是两种形式：物质性存在和精神性存在。前者以工具理性来推动，后者以价值理性来支撑。而当社会发展到物质极大丰富的阶段，出现了信息过载、技术过强、竞争过度的问题，最缺的正是后者。2016 年 3 月 25 日，凤凰卫视“世界因你而美丽——影响世界华人盛典”在清华大学举办，中国当代著名古诗词学者叶嘉莹获颁“影响世界华人终身成就奖”。叶先生一生提倡传播的唐诗、宋词可能与致富无关，与功利无缘，却让每个华人的精神变得安静，体会到中华文化基因的美丽。

安静因于外在环境，更源于内在精神。《传习录》中有一句“道无终穷，愈探愈深”让我记忆深刻。拥有“道无终穷，愈探愈深”的精神世界，一定拥有“我和谁都不争，和谁争我都不屑”的心灵安静。

在作为校友捐赠给校园的长椅上，我专门写了一句寄语：“在绿色的校园安静读书”。这十个字既是表达清华园给我的深刻记忆，也是希望以此记忆影响更多清华学子。

在新的百年里，走在探究中华文化与人类文明的大道上，“更人文”的清华人会让美丽的清华园越来越丰厚，越来越安静。

目标感与走远路

2016年8月中旬，又一批本科新生进入清华园。报到当晚，我去宿舍看这些清华园的新主人，希望给他们以最温暖的欢迎。

走进宿舍，同学们已经聚在一起。看到老师到来，掌声热烈地响起。辅导员请每个同学简单介绍自己，谈谈为什么来新闻与传播学院。原以为只是例行的基本情况介绍，未曾想这些“95后”年轻人的表述目标感很强，男生如此，女生亦如此，令人刮目相看。

有女生说：来到新闻与传播学院，是为了发出自己的声音，改变社会。有女生说：学新闻，是希望成为一名战地记者。有男生说：自己喜欢走遍世界，新闻工作是满足自己喜好的最好工作。在介绍时，同学们还提到了许多对他们有影响的优秀记者和他们的著作。

望着这些稚嫩的新同学们的面孔，都是那样充满了喜悦与期待，都是那样热情满满、憧憬满满，我的内心不禁升起丝丝满足感，肩头感觉到阵阵责任感，满足来自于同学们对专业的热爱，责任来自于如何保护同学们的新闻理想与人生梦想。

在当代大学生的成长过程中，学校是环境，是外因；学生是主体，是内因。外因是条件，内因是决定。学生自身的成长理念决定了学生如何选择自己的成长道路。这种理念如果是盲从大溜的、功利主义的，学生就很难成长为具有创新意识、持续动力的人才。为此，在大学教育中，务必要培养学生具有核心成长理念：找到热爱，追求卓越。

“找到热爱”意味着学生要有发现自己兴趣和特长的主动性，从入学开始，就要具有强烈的目标意识，发现让自己具有学习热情的领域。这种寻找过程可能很快，也

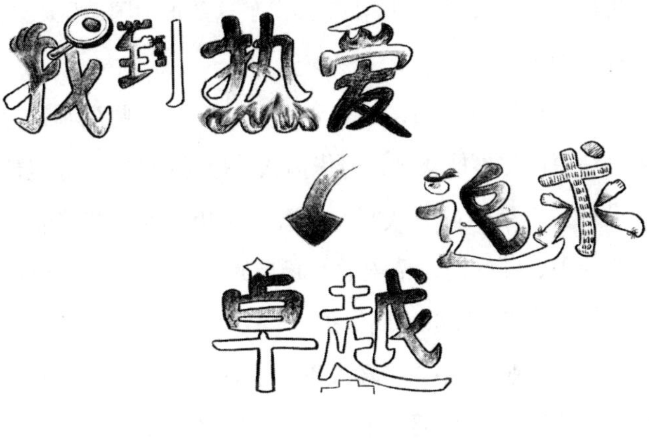

可能需要几年，但这种目标不能弱化，找到了这一目标才能具有“追求卓越”的激情。诺贝尔文学奖得主、法国作家纪德曾说：“没有目标的生活是向机会投降。”国内外优秀青年人才成长的经历充分说明：源于热爱的事业目标会让青年人坚定地走下去，不轻易向机会投降。正如盖茨在校期间痴迷于软件、乔布斯在校期间喜爱书法课，这些都是他们离开大学后奋斗与成功的起点。

2016 年暑期间，国产动漫片《大鱼海棠》在国内电影票房取得好成绩，该片导演梁旋在清华本科期间学的是热能专业，但这位彻底的清华理工男生，在校期间就是喜欢读文学、读戏剧，有着强烈的拍出中国优秀动漫片的情怀，于是离开学校后用了 12 年时间，历尽辛苦，虽百折但不向机会投降，终于制作出了这部很中国、很人文、很唯美的影片。

这部影片下线后，梁旋告诉我，有了一些盈利，他第一件想做的事情就是给清华捐款。他说：师兄，你能帮我设计一下捐款的方式吗？我就是希望帮助那些热爱文创的师弟、师妹们，希望他们起步的时候能够得到支持，希望他们的兴趣能够得到保护。

莎士比亚曾说：“年轻人不走走远路，对于他的前途是很有妨碍的。”而要“走远路”，就要有目标与动力。大学是青春的起点，要保护同学们内生的兴趣，要激发同学们奋斗的激情，要拓展知识的边界、合作的世界与自由的边界。兴趣产生目标，激情成为动力。如此，走出大学校园的年轻人就会满怀信心走向远方。

对于那些始终保持发出自己声音、走遍世界愿望的青年学子来说，会拥有持续绽放的人生。

天下心与美丽梦[1]

亲爱的同学们：

今天，我们举行清华大学新闻与传播学院 2016 级开学典礼。我代表全院师生员工向来自 20 多个国家的 190 多名新同学表示最热烈的欢迎！I am so glad to be here to give my greetings to all of you. Hope everybody enjoy your new life in this beautiful campus, in our warm Qingxin family.

在这里，我还要向新闻“6 字班”的同学们表示最热烈的祝贺！你们在刚刚结束的全校新生军训中获得“优秀方阵”的称号和宣传一等奖的表彰，来之不易！你们刚刚加入新闻学院，就以自己优异的表现为学院赢得了荣誉，祝贺你们！感谢你们！

昨天晚上，我参加了“清新梦想秀”活动，看到了新闻“6 字班”同学们展示的 6 个梦想，大家的梦想超出我的想象：为了解决信息过载而设计的新闻 APP；为了讲述平凡

1 本文根据作者在 2016 年 9 月 10 日清华大学新闻与传播学院 2016 级开学典礼上的致辞整理而成。

人的故事而设计的讲故事公众号；为了推动军队形象传播而设计的项目；为了展示西藏真实形象而设计的项目；为了帮助贫困地区孩子设计的教育扶贫项目；为了帮助残障儿童设计的艺术扶助项目。大家的梦想都很 cool！这个 cool 不在于商业利益与市场价值，而在于超越了个人，超越了利益。尽管你们刚刚进入清华园，但你们已经展现出清华人的气质。这种气质体现在对国家与社会的终极关怀上。你们有梦想、有情怀、有担当！我要为你们点一个大大的赞！

25 年前，我第一次走进清华园，开始在这里求学，从那时起，就爱上了这个园子。随着时间的推移，这种热爱越来越深。我期待，从今天开始，同学们会与我有同样的感受。

清华园是丰厚的。清华之所以成为清华，之所以有今天的声誉，重要的原因在于从这里走出的校友们为国家、为民族、为社会做出的突出贡献。新中国成立 50 周年之际，中央表彰了“两弹一星”元勋共 23 位科学家，其中 14 位是清华人；在我们今天开会的西阶教室北边是闻一多先生塑像，塑像后面刻了先生的一句话：诗人主要的天赋是爱，爱他的祖国，爱他的人民。事实上，“我愿以身许国”成为许多清华人共同的理念。新闻与传播学院也有许多这样的优秀学生。我们学院的博士生沙垚，去年代表全校毕业研究生在毕业典礼上发言，题目就是“清华人，天下是我们的校园”，鼓励清华毕业生以天下为己任；我们学院的硕士生王风潇，帅气阳光，1.9 米的个子，同学们没见过他，堪称学院“男神”，毕业后到云南省南涧县任村支书，在服务农村发展中锤炼自我，我专门到南涧去看过这位大帅哥；我们学院的本科生“3 字班”同学肖亚洲，在吕梁山区黄土高原深入调研，最近刚刚出版了 28 万字的调查纪实专著《厚土》，受到好评。这些优秀师兄们的言行，都是各位同学的榜样！

清华园是美丽的。《福布斯》杂志曾评出 14 个全球最美大学校园，清华名列其中。据说，在这个园子里，有着超过 1000 种的植物。春有玉兰，秋赏银杏，美不胜收。不过，植物太多了，以至于每到春夏，学校里许多人会戴上口罩。同学们知道为什么吗？因为许多清华人会犯花粉过敏的毛病。这种美丽让在清华园中学习过的学子流连忘返、记忆深深。新闻与传播学院的毕业生徐佳现已成为复旦大学新闻学院副教授，在今年清华 105 周年校庆期间写了一篇深情的文章《春天我又回到清华园》，其中提到，“多年以后我每每想起北京，总有清华园满园的春花”。能在如此美丽的校园中求学，是各位同学人生中的一大幸事。

清新梦想秀

清华园是温暖的。在这个园子里，老师们、同学们，是一个大家庭，我们学院的老师、同学都称自己是“清新人”，“清新”就是一个小家庭。家庭成员之间，互相关心、互相帮助，其乐融融，每个家庭成员都愿意为这个校园做些贡献。今年刚刚过世的杨绛先生在生前就和钱钟书先生决定把全部的稿费拿来在清华设立“好读书”奖学金，鼓励清华的学生们努力读书。有人问杨先生为什么？她说：“我们一家三口最爱清华。”这种浓浓的对母校的情感，在一代代清华人心中传递，相信也会成为各位同学宝贵的情感体验。

今天，各位同学就要正式开始在清华园的学习生活了。在这里，我要送给大家一个关键词：沉浸。希望大家能完全沉浸在这个园子里，读书、学习、成长。沉浸意味着安静，沉浸意味着专一。这个园子能够给予大家的东西很多，但要看你是不是全身心地投入。在这里，你们会遇见聪明的大脑，也会结交美丽的心灵。这里不但是同学们学习的校园，如果你们愿意，也可以成为你们精神的家园。后者的影响会更持久、更深刻。

在昨天晚上的“清新梦想秀”活动中，提出教育扶贫项目的杨鹏成同学说了一句话：有心有梦，无忧无惧。这八个字，我记住了。在这里，祝愿各位“小清新”们在清华园里：有天下心，有美丽梦，无忧无惧地创造值得回忆的青春。

再次欢迎各位新同学！再次祝福各位新同学！

给中学生讲清华

根据清华招生办公室 iTsinghua 学堂的安排，我给中学生们作了多场报告讲清华。到过河北的衡水一中、衡水二中，到过西安铁一中、郑州外国语学校、开封高中和上海中学，也到过在清华举办的全国中学生夏令营。在这些场合，我给大家讲清华、讲大学，也讲青春。

起初我是想给中学生们讲讲专业的，后来一想，任何一个专业，喜欢的人总是有限的，而对这些中学生来说，当他们还在为了高考奋斗时，激发他们的奋斗意识或许才是最重要的，于是我选择了《大学与青春》这样的题目。这是一个非专业的题目，是一个包容性很广的题目，也是一个可以每次都有极大发挥空间的题目。

记得第一次讲这个题目是 2016 年 5 月到衡水一中。没有想到学校安排了这么大的空间、这么多的人，估计得有上千学生来听，也没有想到，当我走进礼堂时，看到学生们都在埋头做题，讲座前的一点点时间都不浪费。

这两个“没有想到”给了我很大触动，于是，在讲座开篇我就告诉同学们，来到这里见到同学们很是亲切，这种亲切不是因为对这个地方熟悉，而是源于对这种氛围熟悉。这是一种什么样的氛围呢？勤奋、拼搏，为了自己的大学梦想。因此，今天，我想来谈谈的就是大学，到底大学对我们意味着什么？给了我们什么？但我又不仅谈大学，还想谈谈青春。大学与青春是什么关系？青春与人生是什么关系？这样的一个逻辑关系，从清华看大学，从大学看青春，从青春看人生，让大家从大尺度来看待自己的学习目标与大学选择。

我告诉中学生们，作为你们的师长与兄长，我深切地体会到，大学是求知的学校，教给我们知识；也是成长的土壤，教给我们做人；更是精神的家园，教给我们人生的真谛。

很感谢清华给了我很多鲜活的例子可以讲。我爱讲杨绛先生的例子，讲先生自己生活很简朴却在清华设立了“好读书”奖学金；讲先生对清华校训的理解，“自强不息”是“起”，“起点”的“起”，“厚德载物”是“止”，“止于至善”的“止”；讲先生对清华的热爱，“我们一家三口最爱清华”。

清华园是丰厚的，这里的老师有着太多的故事——

他们的学问、他们的贡献、他们的精神。比如，我在经管学院读书时的赵家和老师，在自己生活上很吝啬，却倾毕生积蓄上千万元捐助西部贫困孩子；比如，我在中文系读书时的徐葆耕老师，集宽厚与勤奋于一身，建设了一个温暖的中文系，在“清华学派”的研究上孜孜以求。

这里的学生也有很多故事——他们的追求、他们的抱负。比如，新闻学院的博士毕业生沙垚同学，代表全校研究生毕业生在毕业典礼上发言，“天下是大清华的校园，清华人以天下为己任，将自己的人生与天下兴亡结合起来，从顺应到引领历史的潮流，进而成就一番事业。这是清华十年，我最为深刻的体会”。

讲这些鲜活的故事，在中学生们中产生了很大共鸣，也让他们对清华有了更多的理解。记得在西安铁一中讲“清华的色彩”时,我提出了红色、绿色、橙色、紫色的概念，现场与同学们交流，为什么要用这几种颜色来描绘清华？同学们回答得特别棒：红色代表了清华人的责任；绿色代表了清华人的活力；橙色代表了清华人的温暖；紫色代表了清华人的气质。

每次给中学生讲清华，都是《大学与青春》这个题目，但是每次都有许多新的内容可以补充，比如有了清华的艺术博物馆，有了苏世民书院，有了世界名校足球赛，有了本科荣誉学位制度，等等。清华的确是一个人文日新的校园，在内在的、深刻的、稳定的精神底蕴支撑下，总是可以做出许多顺应创新人才成长的新的举措。

比如，突出专业柔性。传统的大学专业选择来自于考生在高考时选择志愿，而且一旦确定就很难调整。这种专业选择的问题在于许多处于中学阶段的考生并不知道喜欢什么，更不知道自己擅长什么，因此这种专业选择不一定是最合适的，也就很难最大限度地挖掘学生的潜力。为了解决这一问题，清华在本科教育中把兴趣发现与培养贯穿整个专业选择中，学校设立多样性的专业选择机会，设置交叉专业、小众专业、辅修专业，学生可延迟选专业，也可以换专业。这种专业柔性甚至前移至本科招生过程中，一些院系采用了大类招生的方式。

比如，突出课程柔性。传统的课程设置与学习是非常刚性的、硬性的，上什么课与什么时间上都由学校规定。这种课程学习的问题在于学生的学习自主权没有得到充分发挥，学生在学习中总体上是被动接受者。而在课程柔性的体系中，学校增加任选课程，增加通识课程，学生可分类选修，也可按照自己的学习计划在不同的时间段选修。这种方式强化了因材施教，强化了学生宽口径的知识积累，强化了学生的学习自主权，把学生作为学习的主体，激发学生内在的学习动力。

比如，突出评价柔性。传统的学业评价体系是分数导向，且以百分制为标准。这种评价体系的问题在于学生单纯以分数为指挥棒，追求细小的分数差别，不利于激发学生创造力的发展。为此，清华改革了学业评价体系，变百分制为等级制。这一评价方法改革不仅是单纯的打分方式的改革，更是一种鲜明的导向，让学生关注个性化成长与能力提升。

在给中学生们讲时，我都重点把这些理念和举措讲给大家，让同学们感受到清华对人才创新性、多样性的尊重，意识到当代青年应该遵循内心热爱与自身特长，在持续奋斗中创造属于自己的青春。

在2016暑期，我给青少年高校科学营清华大学分营的中学生作讲座。结束后，许多同学聚过来问问题，我都一一回答，待问问题的同学们一一离开时，一个男生走过来，淡淡地说了一句："你讲得还真不错，我也没什么送你的，今天早上来听讲时带了一个煮鸡蛋没有吃，送给你吧。"当时的我确实没想到会收到这个礼物，愣了一下，但转瞬觉得这个男生好可爱，回答说："谢谢你，我确实有些饿了。"

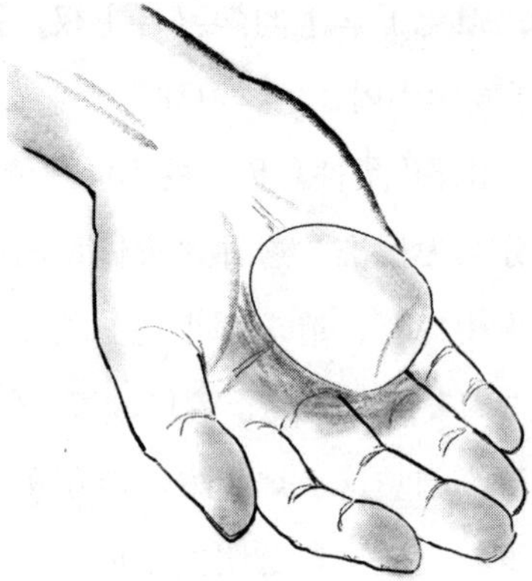

后来我想，在中学生们迈向大学的转折点上，给他们讲讲清华精神，估计也是有营养的“精神鸡蛋”呢。

一种烙印就足够[1]

——清华大学1991级校友胡钰访谈纪实

采写：外语系　英52　徐秋群　陈丽　班昭　曾祥来　陈童

编辑：襄桦

清华生活十余载　烙印深深

已过而立之年的胡钰现任《科技日报》理论部主任。他人生最美好的青春年华都在清华园里度过。然而，令我们都没有想到的是，这个似乎一直都在文科领域里学习的人入校时却是电子系的学生。在电子系学习两年后，胡钰却转去了国际金融专业学习。

对此他说："我其实一开始读的是电子系。读了两年后当时是朱镕基学长做经管学院院长，提出在经管建立一个国际金融专业，希望在数学基础好的理工科学生中

1　本文刊载于清华大学新闻网2009年6月26日。

抽一部分人去。我当时还算是对这方面有点兴趣，正好还是理工科背景，就没有考虑太多选择了去读国际金融。”

5年的本科生活很快就结束了。但是对知识的渴求使得胡钰不想就此停步，而是想继续留在清华读书。胡钰说，在他本科的学习期间，他也曾去别的院校旁听过课，但是他从来没有要去别的学校读研或读博的想法。胡钰告诉我们：“我小学只在一个学校，中学也在一个学校，大学也还在一个学校。在一个地方待久了会有种依赖性，是一种心理归属上的依赖，会觉得很亲切。人留下一种烙印就足够了。”而无疑，他的身上已深深地烙上了清华这个烙印。

在清华的这些年，胡钰一直是很活跃的学生。从进入电子系到转到国际金融系再到中文系二学位，胡钰一直是班上的首任班长或团支书。大学期间，胡钰的社会工作非常出色，曾获得北京市高校优秀学生干部。他组织的社团活动也是有声有色。从小就喜欢电影和写影评的胡钰，曾和不同院系、不同年级的同学们创办了现在还活跃在校园里的“清华大学学生影视欣赏与评论协会”并担任首任会长。胡钰带领的影视欣赏与评论协会参与组织策划了北京大学生电影节。当谈到辉煌的社团经历时，胡钰说：“现在想来，发现自己的兴趣并和有相同兴趣的同学在一起交流，就可以获得快乐和进步。”

在大学的这几年和后来的读硕、读博以及留人文社科学院任教期间，胡钰的成绩一直优秀并获得了非常多的荣誉。胡钰把十几年青春的点点滴滴留在了清华，而清华也在一分一秒地在他身上留下了深深的烙印。严谨、勤奋、踏实、认真、负责，社会责任感和历史使命感，这些清华的精神都已注入胡钰的血液里。十余载的清华生活，在他的身上，清华烙印已深深埋下。

校园离别已数年　眷恋依依

胡钰博士毕业之后便离别了清华校园，但是他却从来没有真正地离开过。

直到现在，他还经常因参加会议等事由回到母校。每次谈论到这个回母校的话题时，胡钰总不忘诉说心中的那份依恋：“即使现在，每次进清华都有一种心理归属感。”他也讲起了 90 年校庆时的感想。90 年校庆，胡钰被抽调到校庆办公室做总编辑，做过一个演出的方案。“大家都知道‘清华三亭’——自清亭、闻亭和晗亭，它们是以朱自清、闻一多、吴晗三个教授的名字命名的，因为他们留下了一种精神内涵、精神遗产。当时 90 年校庆就想到将这个总结一下，这也是清华在‘德’上引以为豪的。一所学校在学生心目中留下的东西，越久越是精神层面的内容。清华有意无意地将这些精神内涵的东西具象化了。而这种精神内涵也让清华成为大家精神的归属地。我的许多留在北京工作的同学，不少人都在清华周边安家，只要大家一聚会就都往清华来。这就是种归属感。”

而说到清华人的精神时，胡钰又给我们讲了他离开清华后的亲身经历：

2007 年，胡钰去深圳参加校友年会，当时说给百年校庆捐款，校友们都特别积极。有的校友两口子都是清华的毕业生，就主动要求捐两份。大家都有这种归属感。即使在他奋斗 10 年 20 年之后，仍然会觉得清华对他有很大的吸引力，就想回报学校。如果从术业有专攻的角度看，很多学校都有自己专业强的地方，都有自己的特色。但一个真正好的学校能让学生有这种归属感，让你能够将文化底蕴固化在内心深处经久不衰、历久弥新。

2008 年，胡钰去美国加利福尼亚州做访问学者。在参加一次科技年会的时候，北加州的那些清华人在和他聊了没几句时就认出了他是清华的。显然，清华两个字已经写在了胡钰的脸上了。而胡钰，也从他们身上感觉到了清华的气息。那些清华人的严谨、踏实、友善以及

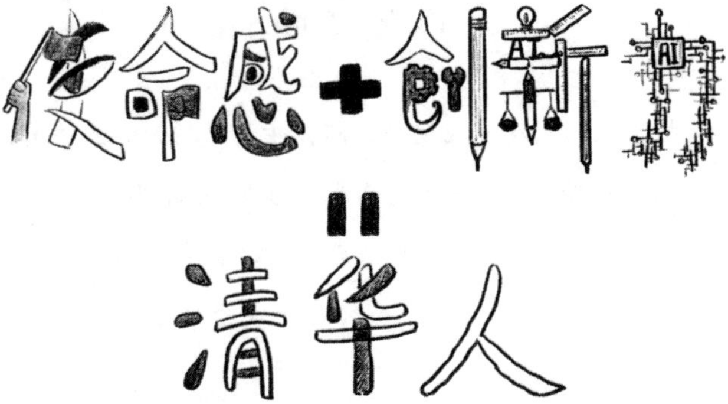

社会责任感，让胡钰倍感亲切和自豪。汶川地震发生后，北加州的清华人组织了募捐，所募捐到的数额很大。清华人，无论离开清华多久，无论身在世界的哪个角落，清华的光芒将一直闪耀。

现在，清华的百年校庆在即，胡钰十分关心校庆的筹备工作和庆祝活动。他说他会一直关注着清华，因为他永远是清华人。

胡钰校友寄语

以使命感为引导，以创新力为驱动，做有益于社会的清华人。

同学感悟

胡学长的几次专业变换，随意中的坚持，让我很有感触。他没有好高骛远地刻意谋划很多事,但是当转折来临，他都从容地接受与应对，并以其不变的坚持、踏实和热情，认真对待每一件事，让每一次转折成为自己人生进步的阶梯。

用心为思想护航[1]

学生记者：周启明 《水木清华》记者：关悦

时光匆匆，不觉间清华辅导员制度已在风雨间走过辉煌的60年。半个多世纪，辅导员制度因与时俱进而焕发着旺盛的生命力，不仅让无数活跃在学生工作前线的辅导员们茁壮成长，也为国家和社会培育出一批又一批卓越而有担当的栋梁之才。

毕业多年的胡钰怎么也忘不了在清华做辅导员的那些岁月。忆往昔，做辅导员的经历已成为他清华时光里浓墨重彩的一笔，给他带去的是弥久而深远的影响。收获中本领见长，酸甜苦辣中也有浓郁醇香，辅导员身份为胡钰打下的印记，深深浅浅地嵌在他的生命中，静默着在无形的岁月里伴他成长。

1 本文收入史宗恺主编《"双肩挑"：一项大有出息的负担——清华大学辅导员校友访谈录》，清华大学出版社 2014 年版。

在沉淀中总结

在胡钰眼里，时间最能沉淀出瑰宝。年轻的时光因有了独一无二的经历而如金子般熠熠夺目。在清华读本科时，从进入电子工程系到转读国际金融系，再到中文系二学位，胡钰一直都是班上的首任团支书或班长，积极热心的他活跃于学生工作的各个岗位，还担任校学生会常务副主席，曾获得“北京市高校优秀学生干部”称号。由于出色的表现，胡钰从学院团委书记、学生组组长一路做到学院党委副书记，曾获得清华大学“一二·九优秀辅导员奖”。当我们问起辅导员工作的经历时，沉浸在回忆中的胡钰首先告诉我们的，是他在清华十六号楼做学生组组长时的情景。那时的他与学生同住，身为辅导员，十分关心学生的生活与思想。1998 年，清华的学生刚开始使用电脑，一次胡钰在走访学生寝室时发现了一个奇怪的现象：住相邻宿舍的同学竟然在 BBS 上聊天。令他惊讶的是，这些同学更乐意在电脑上聊天而不是面对面交流。尽管当时的胡钰对电脑接触不多，但是他敏感地意识到这是一个新问题。于是，胡钰开始到学生中深入调研，试图寻找问题的原因所在，互联网上大学生的交往也由此成为胡钰重点关注的现象。甚至到读博士时，他仍然坚持将此现象作为自己的研究论题。胡钰研究的是现象，可在他心中更关心的是网络时代高校德育工作创新。从实践到理论，后来他还出版了相关专著。他认为，在网上做思想工作要有吸引力、凝聚力，既要坚持真理敢于发声，又要遵循网络传播规律，“要让真理搭上技术快车驶入学生心间”。心系学生思想动态，紧跟学生行为趋势，在为学生解疑答难中，胡钰不断前行。

从 1996 年开始做辅导员到 2002 年调离学校，清华辅导员队伍里一直有胡钰忙碌的身影。这种繁忙让他与学生走得很近，在近距离的接触中对学生工作颇有心

得。即使在离开清华之后，辅导员工作给胡钰留下的习惯也依旧保持如初，让他在之后的不同岗位上，在面对各式各样的问题时能从容应对。当年做辅导员的情景时不时地浮现在胡钰的脑海中，仿佛在昨日；而那些做学生工作的体验更是让他觉得弥足珍贵。思考之余，沉淀之后，对于这段经历的总结一直在延续。工作十几年来，面对不同的岗位，辅导员工作积累的工作习惯给了胡钰坚实的支撑。他意味深长地说："要讲辅导员经历给我留下了什么，我觉得最重要的是三个习惯：学习、实干、合作。"

共学习，同成长

学生工作的亲力亲为，一方面，让胡钰深刻地感受到学生群体的真实与淳朴；可另一方面，学生思想工作的复杂性也让他倍感压力。不管是处理学生思想中棘手的问题，还是解决宿舍间的日常纠纷，每一件事都需要胡钰花费心思琢磨。每一次的调查、研究、谈话，都凝聚着他对人才培养的思考。"辅导员和学生打交道，学生永远比老师掌握的新东西多。要在和他们的对话与沟通中摸索方法。"胡钰总结道。在工作中，胡钰始终坚信学习的力量。“要做到言之有物，与学生有共同语言，就需要时刻保持学习的劲头。”胡钰说。他将这种学习的激情运用到工作中，不断探寻规律，在解开学生思想之结、促进学生成长的同时，他也在不断地积累工作经验，和学生共同成长。

走出校园，做辅导员工作时培养的学习习惯一直伴随着胡钰。无论是在科技部负责科技战略与政策研究，还是借调到中组部负责人才工作文件起草，直到在国资委负责国企新闻工作，面对新环境、新领域、新情况，胡钰从没有因为工作情境的改变而畏惧。问题到来时，他首先想到的就是学习。胡钰不无感慨地向我们提到在刚到科技部工作时的一段经历：“研究科技政策并不是我的专业，在学校时我也从未接触过这个领域，但我并不打怵。辅导员经历培养了我自学的能力，向工作中的新问题学习，向他人学习，向已有的经验学习，进步会很明显。”从科技政策的外行到内行，角色的迅速转换间，胡钰运用自身的学习能力化难为易，先后参与了许多国家重大科技政策、科技战略的起草与制定，还获得了《国家中长期科技发展规划纲要（2006—2020）》战略研究突出贡献奖和“中央国家机关优秀青年”称号。带着善于学习的韧劲儿，凭着对科技政策的刻苦钻研，胡钰受邀为人民出版社撰写“十七大”科技理论通俗读本，这本书在网上书店调查中广受好评。言谈间胡钰流露出的学习新知的那份热诚，让我们很是感动。

实干出真知

对于胡钰来说，学生的问题是千变万化、实实在在的。在纷繁的环境中，由思想波动引起的情绪更是起伏不定。“学习只是做好学生思想工作的第一步，唯有将学习和实干结合才能在千头万绪中理出思路，最终解决根本问题。”胡钰在实战中发现，“与学生打交道来不得半点虚假，更不能只是口号式的教育，学生的问题是否真正解决了，他们会写在脸上”。

在胡钰看来，学生工作的每一个环节都离不开实干精神。在与学生一对一的接触中，胡钰总是深入细致地了解学生思想，当学生反馈的生活问题得到了很好的解决时，当迷茫的学生经耐心引导又重新投入学习时，当为工作而困惑的学生在自己的建议下确定了工作时，胡钰对实干总能有更深一层的体会。他感叹道：“思想工作要想做通，就得把工作做实。”辅导员工作遇到的问题越是困难，胡钰越是清晰地感受到实干的重要性。

踏上工作岗位的胡钰也始终牢记“实干”二字。他说：“不管是起草文件、出台政策，还是完成各项新任务，我总会先去调研，调研能让我找到思路。”每年胡钰会抓紧一切机会去地方、企业、农村调研，实地考察当地的情况。在一线走了许多地方，他觉得自己说话的底气会更足。这十余年来，他走遍了全国所有省、区、市，在上百个县住过，去过上千家企业。胡钰常说：“我们的祖国太美，走得越深，爱得越深。”正是由于时常行走在基层，胡钰所做的工作扎实而有效，他总是将这一切归功于早年在辅导员岗位上浸染的实干精神。

认可来自合作

学习和实干是胡钰对待辅导员工作的态度，而团队合作则是他在工作中获取的重要体验。从人文社科学院团委书记到学生组组长，再到人文社科学院党委副书记，胡钰所到之处，背后都有一个团队在支撑。一个好汉三个帮，分工合作让胡钰见识了团队的作用。一个人的力量总是有限的，胡钰将自己融入到团队内外建设中，“互相补台，好戏连台”，他用自己的积极合作感染着团队的成员，行动中办事效率得以提升。离开学校后，在不同部门担任负责人，胡钰都提倡“简单、积极”的团队氛围，他具体解释道，“简单就是关系简单，团队成员彼此都是同事、战友；积极就是工作积极，团队一起努力为了共同目标”。在团队的发展中个人得到成长，作为团队中的一员，胡钰自身也得到了大家的普遍认可。

胡钰的这种合作意识同时也为他收获了友谊。胡钰认为，能得到他人不因为岗位带来的认可最真实。尽管他在不同领域调动工作，但每到一处他都能迅速融入新的集体，在与他人的真诚合作中开展工作，即使离开了原岗位，仍与先前的同事保持良好的友谊。直到今天，辅导员工作让胡钰产生的合作意识还在发挥作用，善于倾听他人意见，在关键的时候群策群议发扬民主，胡钰认为这是辅导员工作经历给自己留下的又一笔宝贵财富。

信仰·担当·底线

辅导员制度建立之初提出的“双肩挑”让一代又一代辅导员受益匪浅。然而到了今天，随着社会发展，当代大学生的想法也发生了日新月异的变化。选择的多样性让一些在任的辅导员感受到前所未有的压力。于是乎，有人开始质疑辅导员制度，并迫切渴望能有所改变。

然而，胡钰对这种质疑不以为然，“从大学承担的社会责任来说，从人的全面成长来说，当代大学生的思想需要通过辅导员的工作来引导，辅导员制度本就是为培养有理想、有信仰的青年人而设”。身处如今的大环境中，曾是政治辅导员的胡钰越来越觉得信仰缺失是个不可小视的问题。他说：“首先辅导员得有自己的信仰，爱国是第一位的，国家利益至上，这种信仰不能缺少。”有了信仰才能有担当，才能讲大是大非，胡钰对此有切身的体会。“清华学生要考虑国家期望，尽最大努力为国家富强、民族振兴、人民幸福多做些事情，在不懈奋斗中提升人生价值。”此外，充斥于社会上的各种负面新闻也让胡钰进一步看到了辅导员制度的意义。“让学生在众多负能量中平复情绪，确立个人行为的底线思维，防止随波逐流，这当中离不开辅导员扎实的思想工作。”

言谈中，胡钰表达了对辅导员制度的肯定。在他看来，学生能力和思想的双成长、工作方法和工作作风的形成，这些东西书本不会教，更多的是要靠实践的不断积累，而“双肩挑”的辅导员工作岗位为这种积累提供了很好的平台。胡钰从自身的辅导员工作经历中汲取了许多养分，由于是过来人，他对新形势下辅导员队伍的建设有着十分独到的见解。“人的运动比物的运动更复杂”，胡钰用清华辅导员老前辈的一句话来说明辅导员工作的复杂性。而正是这种复杂性对辅导员的工作提出了更高的要求。对此，胡钰从工作方法、队伍建设和工作体系三个方面建言辅导员制度：“辅导员工作方法的创新迫在眉睫，这种创新要遵从时代和人才的规律，要保持意识和手段上的创新。”对于辅导员队伍和工作体系的建设，胡钰认为“开放”是推进工作的关键。他说：“新形势下选拔高素质的辅导员队伍需要本着自愿原则，不断完善激励、保障、交流等一系列用人机制。同时，工作体系的完善也要用开放的态度来做，把辅导员和校友会、学校基金会等结合起来，做到体系内外的合作。”

七年的辅导员经历，让胡钰在丰富的实践中为他人、为自己找到了前进方向。穿过纷繁，胡钰积攒了更多力量，用心为思想护航。在前进中，有信仰、有担当、有底线成为他一次次求索中的自我约束与激励，承载了作为一名清华人的自信与自省。“起于自强不息，止于厚德载物”，起止之间又多了条通往远方的航道，既宽又广。

送你一盒“清华文化巧克力”[1]

55块“清华文化巧克力”

大家好，我是本期悦读导师、新闻与传播学院教授胡钰。我推荐的书是由清华大学出版社新鲜推出的一本书《清华词条》。

这本书介绍了清华在110多年办学历史中反映清华办学理念的55个词条，这些词条很短，却浓缩了清华精神与清华文化。书中围绕每个词条介绍了提出的时间、背景、演变、内涵和影响，集成“短词条、大历史与深内涵”于一体。这本书文字流畅简洁，很好读，使词条读起来就像一块块“清华文化巧克力”，入口绵滑，余味悠长。55

1 2023年9月，新学年伊始，清华大学图书馆“水木开卷·从游悦读”栏目组与清华大学新闻与传播学院胡钰教授在馆内从游空间展开了一场深入对话，邀请胡钰教授推荐书目，讨论阅读与写作，一同品味阅读之美、清华之美、青春之美，共赴历史深处，共享知识启迪。访谈内容全文刊发于《新清华》2023年10月13日“副刊”。

块“清华文化巧克力”将110余年清华文化浓缩其中，非常有意义。

书中的第一个词条是“培植全才、增进国力”。这8个字出现在1911年4月的《清华学堂章程》中，成为办学宗旨，之后在清华学校时期一直在沿用，既是早期清华办学理念的集中体现，也是百余年来清华办学一以贯之的育人思想。这本书中还有一个词条给我留下深刻印象——“各按步伐、共同前进”。这8个字是在1953年，也就是70年前，由当时的校长蒋南翔提出的工作原则，针对当时清华师生负担重、压力大的情况，“各按步伐”体现了尊重个性，“共同前进”强调了共性，充分展现了个性与

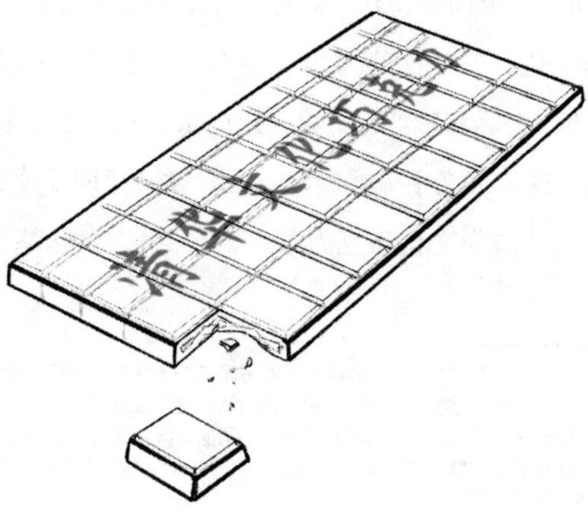

共性的统一。到今天，这依然是具有很强适用性的工作原则。

这本书中有许多在清华园中耳熟能详的口号，书里对它们的来龙去脉进行了清晰的梳理。比如“无体育，不清华”是2014年由清华的学生自发喊出的口号，获得师生的广泛认同，如今也成为同学们高度认同的体育理念。这个口号看似“随意自发”，但却反映了清华体育文化的深刻基因。

清华文化是非常深厚的，这种深厚不是一蹴而就，而是百年累积。这些文化的精髓是清华人共同的精神财富，也是全社会共同的精神财富，值得我们去深入体会。其实许多文化价值是“日用而不知”的，这本书让我们更好地对中国大学文化有了文化自觉，对中国的大学有了教育自信，而有了这种文化自觉，有了这种教育自信，我们就能更好地丰富自己，提升自己。这本书中介绍的文化财富不仅是属于清华园的，也是属于中国教育界的。在这本书中，我们能够读到许多为人的道理、为学的道理、教育的道理、管理的道理，这些都是具有广泛的实践性的。我认为这本书对于传播中国大学精神、中国大学文化非常有意义，值得全社会来认真地阅读。希望大家通过这本书能够看到更好的中国大学教育，看到更好的青年成长。

阅读是思想的旅行，心灵的滋养

问：您有哪些阅读习惯和收获？

答：进书房，得自由。在我看来，阅读就是思想的旅行，心灵的滋养。我的阅读是从20世纪70年代末开始的，那个时候读小人书、连环画，所以在我的印象中，读《三国演义》、读《水浒传》、读《岳飞传》，都是通过小人书来获得的。到现在，我的生活中每天都要读书，如果有一天不读书，就会觉得空荡荡的。在阅读的时候，我习惯写批注、写札记，这样才会有获得感和对话感。

如果把时间尺度拉长，我印象最深的一本书应该是《论语》。这本书很多中国人都非常熟悉，它的文字非常简单，但它的意蕴非常深远，所以每次读都会有新的体会。从这本书中，我学到的为学之道、为人之道可以滋养自己很长时间。我有很多版本的《论语》，有大开本、小开本、繁体版本、简体版本，我自己还手抄过全文。我经常读的是杨伯峻先生注释的、中华书局出版的《论语译注》。这本书带给我的收获是最大的。

问：很多人觉得读完书记不住不如不读，对此您怎么看？

答：为什么要阅读呢？阅读并不是把书里每一句话都

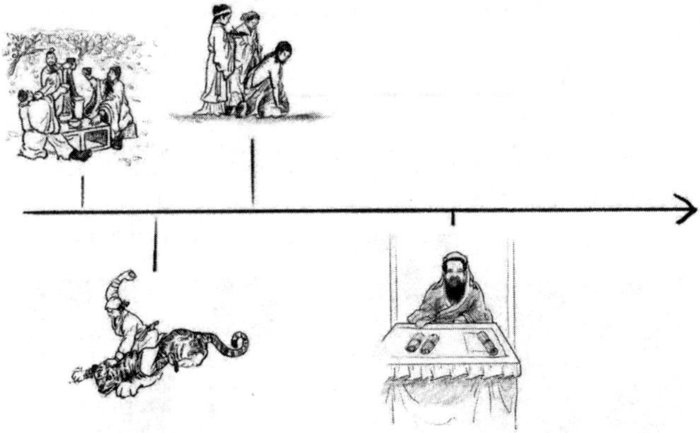

记得很清楚，而是要让书里的思想和知识内化成自己的认识,内化成自己对这个世界的体验,让自己的知识更加“丰满”这是最重要的。古人说“腹有诗书气自华”，其实这个“气”是看不见的，书是看得见的，从看得见的书转化为看不见的“气”，就是阅读的价值和魅力。

问：人工智能时代还需要读纸质书吗？

答：人工智能的价值在于信息的海量和高效，但是它不能带来思想的启迪，不能带来情感的升华，更不能带来阅读的体验。在阅读纸质图书的时候有一种对话感，我自己喜欢读纸质图书，在很多常读的书里面我都夹满了各种彩色的条子，都是我写批注的地方，而这些累积起来就可以成为自己一篇文章的基础。这个是人工智能，

新清华 TSINGHUA WEEKLY
2023年10月13日 编辑:李婷 宛洁 校对:闫晨楠 07 副刊

水木开卷·从游悦读

编者按 秋色尚浅，读书微凉。新学期伊始，如何选择适合自己的图书？如何从阅读中汲取力量？"水木开卷·从游悦读"栏目特邀请悦读导师们推荐图书，并带来他们的悦读故事和建议，与读者们一起共赴阅读好时光，获得阅读的力量。

阅读是思想的旅行，心灵的滋养

悦读导师胡钰分享悦读故事。

您有哪些阅读习惯和收获？

读书房，得自由。在我看来，阅读就是思想的旅行，心灵的滋养。我的阅读是从上个世纪70年代末开始的，那个时候读小人书、连环画，所以在我的印象中，读《三国演义》、读《水浒传》、读《岳飞传》，都是通过小人书来获得的。到现在，我的生活中每天都要读书，如果有一天不读书，就会觉得空荡荡的。在阅读的时候，我习惯写批注、写札记，这样才会有获得感和对话感。

如果把时间尺度拉长，对我印象最深的一本书应该是《论语》。这本书很多中国人都非常地熟悉，它的文字非常简单，但它的意蕴非常深远，所以每次读都会有新的体会。从这本书中，我学到的为学之道、为人之道，可以滋养自己很长时间。我有很多的版本，有大开本、小开本、繁体版本、简体版本，我自己还手抄过全文。我经常读的是杨伯峻先生注释的、中华书局出版的《论语译注》。这本书带给我的收获是最大的。

很多人觉得读完书记不住不如不读，对此您怎么看？

为什么要阅读呢？阅读并不是把书里每一句话都记得很清楚，而是要让书里的思想和知识内化成自己的认识，内化成自己对这个世界的体验，让自己的知识更加"丰满"这是最重要的。古人说"腹有诗书气自华"，其实这个"气"是看不见的，书是看得见的，从看得见的书转化为看不见的"气"，就是阅读的价值和魅力。

人工智能时代还需要读纸质书吗？

人工智能的价值就在于信息的海量和高效，但是它不能带来思想的启迪，不能带来情感的升华，更不能带来阅读的体验。在阅读纸质图书的时候有一种对话感，我自己喜欢读纸质图书，在很多常读的书里面我都夹满了各种彩色的条子，都是我写批注的地方，而这些累积起来就可以成为自己一篇文章的基础。这个是人工智能，特别是数字化的阅读代替不了的。

您觉得对于当代大学生，选择书籍的时候有哪些标准？

当代大学生有很好的信息获取条件，我还是建议当代大学生多多读纸质图书，多多读纸质经典图书，经典作家的书要读，最新发现的书要读，广受好评的书要读，最核心的一点还是希望这个书对自己有启发性，对自己的知识、思想、情感带来很大的提升。

如何通过读书提高写作水平，从"读书人"变成"写作人"？

要想提高写作水平，一个基本功是阅读，另一个基本功就是写作，就是要多多读、多多写。2021年我去走访过许渊冲先生，咱们的大翻译家，当时他已经100岁了，他告诉我，他那么大的年龄每天还要写一千字，当时就给我很大的冲击。

我们如今有这么好的条件，怎么能不写东西呢？从"读书人"变成"写作人"，是一个良性的循环，是一个基本的转化。读书对我来说是基本的生活方式和研究方式，我读了书以后也会启发自己下一本书的写作，读书以后再写书，写书以后再读书。如此持续的良性循环，就能够让自己的知识体系更加丰厚，也让自己能够为当代人的阅读作出更多贡献。

如何提升自己的文笔？

从自己真实的感受写起。所以我经常给我的同学们说，如果你写学术论文有困难，那么就写文化随笔。写文化随笔的时候，就是从自己看到的、想到的入手开始写。仅仅写看到的、想到的，其实就能够有很多东西可以写了。但如果你想增加写作的分量，可能还需要把自己阅读中的思考写进去。这样将看到的、读到的、想到的都放到一篇文章中，就会有感染力，而且写得多了文笔就越来越好了。

（图文素材提供："水木开卷·从游悦读"项目组）

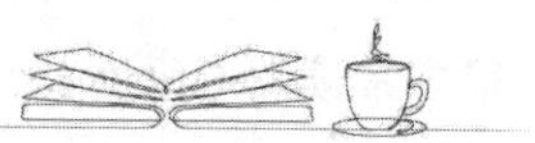

悦读推荐

55块"清华文化巧克力"

●胡钰

《清华词条》

内容简介

词条虽是短小的历史记忆，但却浓缩了很多的智慧和力量。一位历史学家讲："个人的明智，来自于她记忆的连续性，团体的明智，则寓集其传统的延续。"清华大学是一所有百年文化传统的大学，这源自她的不断创造，也源自她的传统传承。清华词条是对清华文化的一种创造性叙事方式，也是一种易于传承传播的载体。

大家好，我是本期悦读导师、新闻与传播学院教授胡钰。我推荐的书是由清华大学出版社新鲜推出的一本书《清华词条》。

这本书介绍了清华110多年办学历史中反映清华办学理念的55个词条，这些词条很短，却浓缩了清华精神与清华文化。书中围绕每个词条介绍了提出的时间、背景、演变、内涵和影响，集成"短词条、大历史与深内涵"于一体。这本书文字流畅简洁，很好读，使词条读起来就像一块块"清华文化巧克力"，入口絲滑，余味悠长。55块"清华文化巧克力"，110余年清华文化浓缩其中，非常有意义。

书中的第一条词条是"培植全才，增进国力"。这八个字出现在1911年4月的《清华学堂章程》中，成为办学宗旨，之后在清华学校时期一直在沿用，既是早期清华办学理念的集中体现，也是百余年来清华办学一以贯之的育人思想。这本书中还有一个词条给我印象很深——"各按步伐，共同前进"这八个字是在1953年，也就是70年前，由当时的校长蒋南翔提出的工作原则。针对当时清华师生负担重、压力大的情况，"各按步伐"体现了尊重个性，"共同前进"强调了共性，充分展现了个性与共性的统一。到今天，这依然是具有很强适用性的工作原则。

这本书中有许多在清华园中耳熟能详的口号，书里对它们的来龙去脉进行了清晰地梳理。比如"无体育，不清华"，是2014年由清华的学生自发喊出的口号，获得师生的广泛认同，如今也成为同学们高度认同的体育理念。这个口号看似"随意自发"，但却反映了清华体育文化的深刻基因。

清华文化是非常深厚的，这种深厚不是一蹴而就，而是百年累积。这些文化的精髓是清华人共同的精神财富，也是全社会共同的精神财富，值得我们去深入体会。其实许多文化价值是"日用而不知"的，这本书让我们更好地对中国大学文化有了文化自觉，对中国的大学有了教育自信，而有了这种文化自觉，有了这种教育自信，我们就能更好地丰富自己，提升自己。这本书中介绍的文化财富不仅是属于清华园的，也是属于中国教育界的。在这本书中，我们能够读到许多为人的道理、为学的道理、教育的道理、管理的道理，这些都是具有广泛的实践性的。我认为这本书对于传播中国大学精神、中国大学文化非常有意义，值得全社会来认真地阅读。希望大家通过这本书能够看到更好的中国大学教育，看到更好的青年成长。

特别是数字化的阅读代替不了的。

问：您觉得对于当代大学生，选择书籍的时候有哪些标准？

答：当代大学生有很好的信息获取条件，我还是建议当代大学生多多读纸质图书，多多读纸质经典图书，经典作家的书要读，最新发现的书要读，广受好评的书要读。最核心的一点还是希望这个书对自己有启发性，对自己的知识、思想、情感带来很大的提升。

问：如何通过读书提高写作水平，从“读书人”变成“写作人”？

答：要提高写作水平，一个基本功是阅读，另一个基本功就是写作，就是要多读、多写。2021年我去走访许渊冲先生，他是大翻译家，当时已经100岁了，他告诉我，他那么大的年龄每天还要写1000字，当时就给我很大的冲击。

我们如今有这么好的条件，怎么能不写东西呢？从“读书人”变成“写作人”，是一个良性的循环，是一个基本的转化。读书对我来说是基本的生活方式和研究方式，我读了书以后也会启发自己下一本书的写作，读书以后再写书，写书以后再读书。如此持续的良性循环，就能够让自己的知识体系更加丰厚，也让自己能够为当代人的阅读做出更多贡献。

问：如何提升自己的文笔？

答：从自己真实的感受写起。所以我经常给我的同学们说，如果你写学术论文有困难，那么就写文化随笔。写文化随笔的时候，就是从自己看到的、想到的入手，开始写。仅仅写看到的、想到的，其实就能够有很多东西可以写了。但如果你想增加写作的分量，可能还需要把自己阅读中的思考写进去。这样将看到的、读到的、想到的都放到一篇文章中，就会有感染力，而且写得多了文笔就越来越好了。

第二部分

创新精神从哪里来？

以宽容之心拓展创新之路[1]

——写在《前沿科学》创刊之际

当今中国，创新热情高涨，创新投入剧增，对创新成果之期待甚深。万事因果相续，有了创新之因，自可期待创新之果。然而没有完备的创新之因，何来丰厚的创新之果？在我们有了热情与投入之后，还需要最宝贵的一样“创新之因”：宽容的创新文化。正是在如此强烈的时代需要呼唤下，《前沿科学》杂志诞生了。可喜可贺！

创新从本质上是“求异”的行为。在学校里，当多数学生都用一种方法解题时，有的学生在“标准方法”之外找到另一种方法，这就是创新；在市场上，当多数企业都用一种流程生产产品时，有的企业在“标准流程”之外找到另一种流程，这就是创新。但学生的行为往往受到教师的严厉质疑，企业的行为总是得到市场的慷慨接纳。前者是一种反对创新的“求同”氛围，后者是一种鼓励

1 《前沿科学》杂志创办于 2007 年，是由科技部主管、科技日报社与相关机构共同主办的学术期刊。本文刊发于《科技日报》2007 年 4 月 9 日第 1 版。

创新的“求异”氛围。

我曾经历一件事：大雪过后，带着五岁的孩子到院子里堆雪人。我拉着孩子走已经扫干净的大路，而孩子非要走到雪上。当我们都来到堆雪人的地点时，孩子身后留下了一串弯弯曲曲的脚印，一条自己走出的小路，而我身后依然是那条许许多多人走过的大路。是鼓励孩子在雪地上走出自己的小路，还是强拉住孩子走扫净的大路，直接影响了孩子的思维习惯。美国发明家、企业家亚历山大·贝尔说过：“有时不妨离开已被人们踏平的道路而步入丛林，每当你这样做了，就一定会发现一些从未见过的事物。”贝尔就是步入了别人不愿意步入的“丛林”，因而发明了世界上第一部电话机，因而有了世界著名的贝尔公司。

创新成果的价值往往与其共识程度成反比。麻省理工学院人工智能研究所创始人明斯基是世界人工智能研究领域的杰出科学家，在神经心理学、计算理论学等方面都有很深造诣，曾获得图灵奖。一次，有位外国科学家问他：“明斯基教授，您总是能在各种领域中想出很多引人入胜且能够引导新方向的构思，请问您的诀窍是什么呢？”他回答说：“这很简单，只要反对大家所说的就可以了。大家都认同的好想法基本上都不太令人满意。”敢

于反对大家所说的，是一种非常可贵的思维习惯，只要这种反对是基于客观事实和独立思考的。有鉴于此，《前沿科学》为了随时准备“接受那些看似离经叛道实则蕴含科学真理的事实和观点”,在用稿上实行“一票通过”制，一名编委具名推荐就可刊登,这种方法有别于“一票否决”制，更强调对创新思维的鼓励。

以写作《追忆逝水年华》享誉世界文坛的法国作家马

塞尔·普鲁斯特说过:“真正的发现之旅，不在于是否找到新大陆，而在于能否以新的眼光去观察。”今天，我们最需要的就是“新的眼光”。只有“新的眼光”才能指引我们看到永无止境的科学前沿。

宋健同志指出:一切怀疑后人发展科学能力的观点都是没有根据的。这是“宽容之心”，更是“新的眼光”。祝愿《前沿科学》以“宽容之心”带给更多人“新的眼光”，为中国拓展更加宽广绵长的“创新之道”。

在关注未来中创造未来[1]

——《下一代创新科技》推荐序

牛津版《技术史》(*A History of Technology*)的前 5 卷是在 1954—1958 年出版的，当时把技术史写作的终点设在 1900 年而不是 1950 年，究其原因，在该书的第 6、7 卷于 20 世纪 70 年代末出版时，主编特雷弗·威廉斯(Trevor Williams)在前言中作了一个解释，“要对新近发生的事件作出评价，指出其中哪些具有历史意义，哪些不具有历史意义是极其困难的。”“假如我们在当时就试图把技术史写到 1950 年，那就不是写历史，而是在写时事了。而现在，到了 20 世纪 70 年代后期，我们至少具备了这样一个有利条件，即离我们将要对其进行评价的这个新时期(1900—1950 年)的最后一年，也已经过去了四分之一世纪。”这段话体现了编写者的严谨态度，也反映了认识技术创新的一个基本规律。事实上，对新技

---

1 《下一代创新科技》是由清华大学探臻科技评论社编写的图书，2024 年由清华大学出版社出版。本文是为该书撰写的推荐序。

术的意义的评价是需要一定时间尺度来检验的，即时的评价往往是武断的，也就会是不准确的。

对新技术的评价不可即时化的另一层意义在于，对任何技术的新进展的未来可能性都不能低估，也就是说，任何在现在看起来不起眼的新技术，都可能成为引领未来的力量。从技术创新经验来看，技术突破是超越线性思维的，也常常是反权威的，因而新技术是对所有孜孜以求的探索者开放的，对“大人物”与“小人物”是一视同仁的。要想在技术创新领域掌握主动权，重要的是能够密切地、全面地关注各种技术的新进展，不能有因袭惯性的轻视，也不能有顾此失彼的遗漏。

技术创新领域与公共管理或政治决策领域有很大不同，前者是求异的，后者是求同的。要在技术创新领域成为引领者，就要善于提出与已有技术思路不同，甚至与技术权威人士不同的想法来，越是人迹罕至的领域，越是无人问津的想法，越有可能成为原始创新的基点。本书中提到，1478 年，列奥纳多 · 达 · 芬奇（Leonardo Da Vinci）就设计出了预编程发条马车的草图，如果研发成功，马车可按照预定路线行驶。这一设想是 500 多年前马车时代的自动驾驶图景，在当时一定是匪夷所思且被嗤之以鼻的“疯人疯语”，但在今天却成为城市智能交通的重要创新思想源。更令人感慨的是，这一设想只是这位人类伟大创新者的诸多技术创新设想之一而已。敏锐的好奇心、自主的探索性成就了其伟大的创新力。

关注未来技术是为了创造未来技术。从人类技术创新史中的璀璨群星来看，求异是技术创新者的精神内核，求真是技术创新者的气质底色，在探求真理的进程中，以今日之新超越昨日之旧，以今日之我超越昨日之我，而青年人无疑是技术创新领域最主要的担纲者。

1914 年，一批中国青年人有感中国科学落后，创办了中国科学社，旨在“提倡科学，鼓吹实业，审定名词，传播知识”，赵元任作为该社创始人之一、第一届董事会秘书在日记中写道：“晚上到任鸿隽宿舍进行热烈而严肃的讨论，准备成立科学社，出版月刊。”1915 年 1 月，《科学》月刊在上海出版。1915 年 9 月 10 日，著名发明家与技术创新者托马斯·爱迪生（Thomas Edison）写信给赵元任，祝贺《科学》出版，认为这本刊物的出版“印证了自己的观点，即世界正在看到中国的觉醒成为当代最伟大的事件之一”。赵元任也非常珍惜这份期刊，将第一至第四卷装订成精装合订本，一生都把这个合订本带在身边。辗转百余年，历经万里行，这一代表了现代中国科学界觉醒的宝贵资料现保存于清华大学图书馆。当时的中国青年科学者们曾在《中国科学社社歌》的歌词中唱道：“我们唱天行有常，我们唱致知穷理，不怕他真理无穷，进一寸有一寸的欢喜。”

距离中国科学社成立已经百余年，清华大学的青年学子们继续探索科学技术，组织探臻科技评论社，关注技术前沿，推动技术创新，此次结合 2022 年探臻科技论坛“清华青年最关注的十大变革科技” 榜单内容，由学生们撰写、编辑了这本新技术评介文集，体现了清华园内青年学子的技术观察力与技术判断力，也展现了在很多科技领域中的清华贡献。

在中国式现代化的伟大进程中，科技创新对经济发展与国家安全的意义日益重大且关键，要切实面向世界科技前沿，面向经济主战场，面向国家重大需求，面向人民生命健康，提升创新能力，特别是在人工智能、量子信息、集成电路、先进制造、生命健康、脑科学、生物育种、空天科技、深地深海等前沿领域着力布局，把握创新主动权与技术所有权。在这个过程中，清华责无旁贷，要成为基础研究的主力军与重大科技突破的生力军。

需要注意的是，进入21世纪，技术进步带来“人、机、物”三元融合，万物智能互联，相较以往的时代，技术化已经成为人类社会的最突出特征之一。如何引领人类技术进步不仅体现在技术的发明上，更体现在技术的应用上。技术是人类认识与改造世界的工具，技术创新能力是人类能力的重要体现，但技术能否更好地服务于人类，成为人类文明的有机组成，还要看技术创新与技术使用的动机，如果仅仅是为了少数人牟利的技术乃至为了制造彼此杀戮武器的技术，显然是反文明的。从推动人类文明进步的视角上看，伟大的技术创新引领者一定也是真正的人文主义者。

不怕真理无穷，但求欢喜寸寸。清华人在技术创新中就是要保持旺盛的热情，在科技自立自强中就是要站在最前沿。不痴迷，不成佛；无创新，不青春。以对真理的热爱进行创新，以对创新的引领服务国家，以对国家的建设贡献人类。本书的出版，对于普及科学技术是有益的，对于激发青年创新是有益的，对于传播清华文化是有益的。

祝贺《下一代创新技术》的出版，更期待创造未来的下一代创新青年的出现！

创新精神从哪里来？

2011年10月的第一周，在中国人欢度假期的时间里，世界科技界发生了两件大事：一是2011年诺贝尔科学奖获奖名单公布；另一个是苹果公司创始人乔布斯去世。两者都引起了世界范围内的广泛关注，每位获奖者的成就及其背后故事为人津津乐道，乔布斯的传奇故事更是成为全世界舆论的热点。为什么如此关注？究其原因，源于人类内心深处永恒追求的一个品质：创新精神。因为坚守创新精神，诺贝尔科学奖获得者成为社会楷模；因为坚守创新精神，乔布斯赢得世界尊敬。

一个真的创新者，一定是拥有真的创新精神。这种精神是社会发展的稀缺资源，更是人类传承的宝贵财富。从对世人的影响力上看，乔布斯留下的富可敌国的个人物质财富远不及他留下的创新精神财富。物质终可消逝，精神世代常青。

理解创新精神，培育创新精神，是21世纪至关重要的主题。这是全世界科学界永恒的话题，更是中国建设创新型国家进程中急迫的难题。

创新精神从敢于突破现有规则、敢于挑战主流权威的独立思考中来。独享 2011 年诺贝尔化学奖的是以色列化学家谢赫特曼，他的获奖成果是发现了准晶体。但是，当 1982 年这位科学家告诉人们发现了准晶体的时候，几乎所有人都取笑他，主流科学界认为他违反了自然界的基本规则。这种排斥进一步导致他不得不离开美国霍普金斯大学研究小组，返回以色列。对此，他却说：“我并不在意，我深信自己是对的，他们是错的。”返回以色列后，谢赫特曼没有被这种怀疑吓住，坚持不懈，费尽周折，1984 年将新发现的论文发表。但发表后，包括著名化学家、两届诺奖得主鲍林在内的一些化学界权威公开质疑谢赫特曼的发现，认为他“是在胡言乱语，没有什么准晶体，只有‘准科学家’”。面对如此强大的反对意见，谢赫特曼依然坚持自己的研究，他说：“鲍林确实是一名伟大的科学家，但这次，他错了。”

创新从本质上就是探索不同的道路，就是与别人不一样，创新精神首先就体现在创新者的敢于冒险、独立探索上。美国媒体业巨头、CNN 创始人泰德·特纳曾说：“如果你已有一个创意，并且大多数人没有对其嗤之以鼻的话，你的创意多半不是一个非常好的创意。当大家认为我是疯子时，对我来说根本就不是烦恼。实际上，每到此时，我认为我必须真正要做些什么了。”人云亦云不可能获得创新成果，少数服从多数在创新领域也是片面的。一个人要培养创新精神，就需要坚持基于客观依据的独立判断；一个社会要培养创新精神，就需要真正关注小人物和不同意见。

创新精神从具有理想主义的对事业的真诚热爱中来。作为一个科技企业家，乔布斯的去世带给世界的震动是少有的，获得高度一致的称赞更是罕见的。在他去世后，世界已把他作为一个当代创新的最杰出领袖人物来纪念。正如他常说的一句话，“领袖和跟风者的区别就在于创新”。乔布斯的创新不仅是颠覆性的，更是持续性的。作为典型的颠覆性创新人才，在乔布斯 30 多年的创新历程中，不论如何遭受打击与挫折，他对事业的热爱成为支持其开展创新的最大动力。从 20 世纪 70 年代推出 Apple 台式电脑开始，到创办 NeXT 公司在软件市场开辟新天地，再到创办动画公司 Pixar 推出《海底总动员》等经典动漫电影，再到推出 ipod、iPhone 和 iPad 等开创性产品，这期间，乔布斯曾被自己创办的公司赶走，曾面临竞争对手的打压，但他能坚守创新精神，原因何在？他曾在一次演讲中明确地说：“我确信我爱我所做的事情，这就是

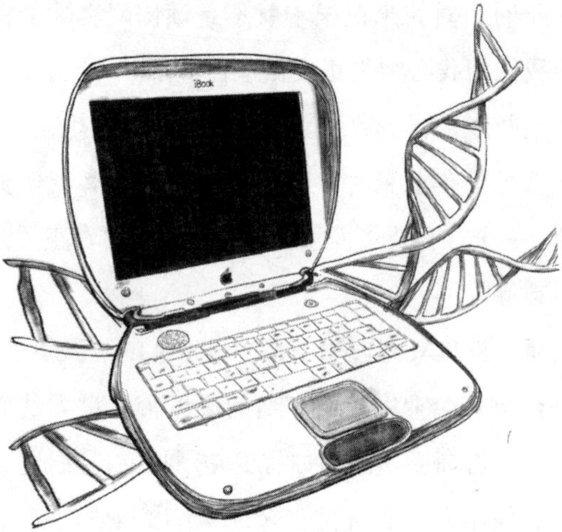

这些年来支持我继续走下去的唯一理由。”事实上，热爱创新是成为创新者的第一步，而且是最根本、最持久的创新基点。

创新的道路总是曲折的，如何坚持？从 300 年来人类创新史上可以看到，能够支撑创新精神的不是名与利，而是对事业发自内心的热爱。当 1666 年的一个苹果砸在牛顿头上时，他发现了万有引力定律，因为他正痴迷于思考“是什么力量使月球保持在其环绕地球运行的轨道上”。当 20 世纪最伟大的科学家爱因斯坦受到全世界崇拜时，他说：“我从事科学研究的动机，来自一种想要了解自然奥秘的无法遏制的渴望，而不是别的什么目的。”创新精神是支撑创新者克服困难持续前行的精神力量，这种精神力量必然也只能来自对所从事事业的真诚热爱。

创新精神从鼓励竞争、开放合作、自立自强的创新生态中来。美国的创新经验表明，早期建国者提供了富有建设性的法律框架支持创新：允许自由开展跨州商业活动，颁布联邦专利法，确立公司这一商业组织形式。进入数字时代后，美国已经变成一个基于信息服务经济的“创业型社会”：商业结构趋于更扁平的网络结构，大规模定制取代大规模生产，互联网为无数小企业和个人创新提供便利。从创新规律上看，对一个希望提高创新能力的国家来说，最重要的不是规划创新方向，而是完善创新生态，培育创新精神。这是更具深层意义的举措。

良好的创新生态体现在 3 个方面：一是社会舆论文化中推崇创新；二是金融资本体系中推崇创新；三是本国消费市场中推崇创新。创新者都是先行者，更是试错者。在创新成果问世之际，能否给予建设性的修改建议、给予资本力量的大力支持、给予市场应用的最大机会，直接反映了一个社会的创新生态建设程度，也直接决定了一个社会的创新精神培育程度。

一个有创新精神的社会是有活力的，更是有魅力的。

对创新型国家来说，创新精神与创新投入正如“一鸟两翼”，体现了创新的软力量与硬力量，缺一不可。我们期待着在21世纪激烈的全球创新竞争中，中国能够培育越来越浓郁的创新精神，成为对世界创新做出巨大贡献的国家。

“钱学森之问”的思考[1]

钱学森对人才问题高度关心，在晚年最后一次系统谈话中，明确谈道：“我想说的不是一般人才的培养问题，而是科技创新人才的培养问题。我认为这是我们国家长远发展的一个大问题。”在钱老看来，国家有了许多创新工程和计划，“更重要的是要具有创新思想的人才”。为此，钱学森多次提出“为什么我们的学校总是培养不出杰出人才”的问题，认为创新型人才不足是现行教育体制的严重弊端，也是制约科技发展的瓶颈。

钱学森不仅仅是晚年重视人才问题，他的一生就是爱才、育才、荐才的典范。在数十年的科研管理中，钱学森特别注重年轻人的培养，为了培养最早一批年轻科研骨干，他亲自写教材、上讲台，把自己的经验知识倾囊授出；而当年轻人才逐渐成长起来后，钱学森又甘为人梯，及时退居二线，将管理重担赋予青年人。在数十年的科研

1 本文根据作者在 2010 年科技部、中科院“创新型国家与创新型人才”青年论坛上的发言整理而成。

管理中，钱学森举荐的青年才俊难以计数，这些人陆续成为中国科技事业的骨干,如两位“国家最高科学技术奖”获得者载人航天工程总设计师王永志和探月工程总设计师孙家栋。

科技创新人才从哪里来？综观钱学森的一生，回望其成长历程和开创的伟大事业，科技帅才当之无愧。他不仅在控制科学、系统工程科学以及思维科学等领域学术成就斐然,而且率领中国科技团队自力更生发展“两弹一星”事业。认真学习钱学森的经历和思想，给了我们深刻的启示。

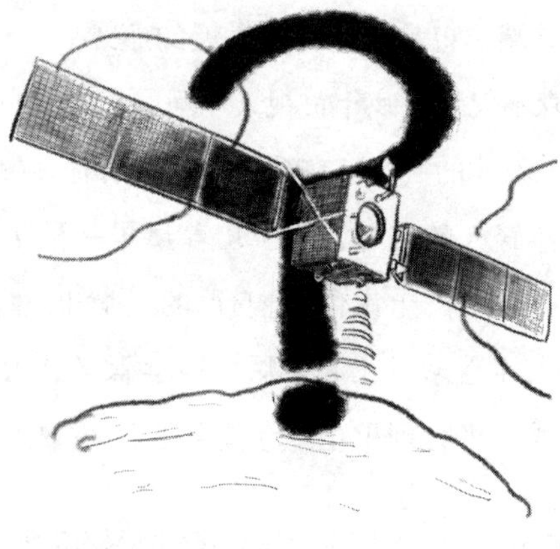

科技创新人才从融合中来

钱学森对学习领域的交叉融合非常重视，认为一个真正的科技领军人才必须是复合型人才。从他自己的经历看，钱学森本来是航空系的研究生，却到生物系去听遗传学，到化学系去听结构化学，更重要的是，他还重视科学与艺术的结合，对音乐、绘画、摄影、文学等终身爱好且有较高造诣。钱学森在谈及创新人才培养时强调说："一个有科学创新能力的人不但要有科学知识，还要有文化艺术修养。"钱学森重视这种融合是符合思维科学规律的。现代脑科学研究已经表明：创新往往源于激情驱动下的直觉思维。从以猜想为始的形象思维，经由大跨度的联想思维，到以论证为终的逻辑思维，是创新思维的基本规律。

从融合中产生的创新人才比比皆是。2009 年获得诺贝尔物理学奖的高锟既是中西融合的典范又是科学艺术融合的典范。他自幼熟读四书五经，他的习惯是背诵，他曾说"是孔子的哲学令我成为一名出色的工程师"。高锟从小随家庭游学欧洲，学习古典音乐，表演舞蹈和话剧，跨文化、跨学科的学习形成了他自由的思维习惯。这种发散而开放的思维特质促使高锟不可思议地提出，用清澈、透明的玻璃代替铜线来传送信号。为了寻找那种“没有杂质的玻璃”他费尽周折，而当他制造出世界上第一根光导纤维时，全世界尽享科学之美。

科技创新人才从求异中来

一个科技创新人才不能人云亦云，不能做群体的尾巴。当众多专家在一起讨论时，创新人才要能够从中发现新东西，从中提炼总结出源于大众而高于大众的意见。这是一种独立自主敢于反对权威、反对多数人的素质。钱学森认为：“你是不是真正的创新，就看是不是敢于研究别人没有研究过的科学前沿问题。”而在那些“大家见面客客气气、学术讨论活跃不起来”的氛围中是不能培养出创新人才的。

晚年的钱学森非常怀念自己20世纪30年代在加州理工学院学习时的那种浓郁的创新学术氛围，认为这样才能推进创新人才迅速成长。在他自己担任科研管理工作中，他始终重视年轻人、小人物，努力营造良好的创新氛围。1964年，王永志参与中国自行设计的中近程火箭第一次飞行试验。当时出现一个难题，计算火箭弹迹时发现射程不够，按常理应多加推进剂，但火箭燃料贮箱空间有限加不进去。王永志结合当时天气情况对推进剂密度的影响，提出了一个独特的解决方案：从火箭体内卸出600公斤燃料，导弹就能达到预定射程。对于这个当时不过32岁的中尉的“奇思妙想”，在场专家多认为是天方夜谭。王永志不甘心，向时任发射场技术总指挥的钱学森直接汇报。钱学森耐心地听完了王永志的想法后，把火箭总设计师叫过来，说：“那个年轻人的意见对，就按他的办！”果然，火箭卸出一些推进剂后射程变远了，连打3发，发发命中。

知识的传承要“求同”，要靠标准的路径；而知识的拓展要“求异”，要靠不同于标准的新的路径。在科研人员中培养“求异”的思维，在科研群体中形成“求异”的氛围，才可以激励创新人才的成长。

科技创新人才从实践中来

科技创新人才不能闭门造车，不能纸上谈兵，而是在一个又一个的持续创新实践中成长起来的。钱学森26岁时就和其他同学组成了研究火箭的技术小组，回到祖国作为中国火箭、导弹和航天计划的技术领导人，组织攻关会战，为“两弹一星”事业的成功建立了卓越的功勋……

他的战略视野与协作能力在实践中不断提高。中外科学史一再表明：大创新一定需要大人才，大人才一定源于大实践。

创新要趁早，锐气不可少。钱学森对中国科技事业的贡献不仅在于“两弹一星”的重大成果，更在于搭建了一个创新平台，形成了一种鼓励年轻人脱颖而出的创新氛围。事实上，航天领域的创新实践已经成为中国培养科技创新人才的坚实平台。这些年，一批批青年科技创新人才、领军人才在航天领域成长起来。在“嫦娥一号”卫星研制过程中，整个团队的平均年龄还不到35岁。我们可以看到，钱学森领导开创的中国航天领域成为一个可以持续产生科技创新人才的大平台。这一平台鼓励年轻人大胆开展创新实践。事实上，对国家的持续发展来说，这种实践平台比具体的科技项目更重要，这是更宝贵的财富。

科技创新人才从淡泊中来

科学研究是探索自然世界的活动，需要探索者把精力聚焦在研究对象上，在执着的探索中找寻未知的规律，任何与研究活动无关的内容，权力、财富、名望等，都是对研究者精力的分散。钱学森起初担任国防部五院院长，可后来他发现太多的行政事务分散自己的精力，于是给聂荣臻元帅写信坚决辞去院长职务，改任副院长。从此，他只任副职，一直到七机部副部长、国防科工委副主任，专司中国国防科技发展的技术问题。钱学森一生把自己的精力聚焦在科研工作上，后来他曾坚辞中国科协主席职务，两次请求辞去院士称号。

在科研进程中，越聚焦越有能量，越是纯粹的热爱越能产生穿透力。爱因斯坦晚年时曾说："我从事科学研究的动机，来自一种想要了解自然奥秘的无法遏制的渴望，而不是别的什么目的。"这种纯净的念头支持着他从最早供职的苏黎世大学到最后归宿的普林斯顿大学，安静地、不计得失地探索着自然奥秘。同样，当有人为高锟遗憾没有申请光纤技术专利权时，高锟淡然地说："我没有后悔，也没有怨言，如果事事以金钱为重，我告诉你，今天一定不会有光纤技术成果。"为了培养更多科技创新人才，千万不要让科技界成为名利场！要建设神圣的科学殿堂！让我们的科学家们沉迷于真理的大海乐而忘返，这样，当创新的"苹果"一个又一个掉下来时，才能产生一位又一位"牛顿"。

今天，中国和世界的发展已经进入了一个崭新阶段，在这个阶段里，创新能力成为核心力量。任何人、任何企业、任何国家要想成为新历史阶段的引领者，就要敢于创新，善于创新。成为科技创新人才，就要做到：一不盲从潮流，二由兴趣驱使，三有益于社会。在创新的道路上不能太强调短期获得什么，不要把小利看得太重而看不清方向，使命感和创新力应是当代科技人才培养的重中之重。

2009年8月，钱学森在深情地回忆自己留学归国的经历后坚定地说："在中国，比在国外更有发展和成就。"这是钱老百年人生横跨中西的感怀之言，更是给我们后来人的最大鼓励。

钱伟长创新精神的内涵

钱伟长的去世让国人震动，一位科学大师留下了无限的人生传奇，更留下了宝贵的创新精神。为什么在近百年动荡的世事变迁中总有创新激情？为什么以文科生出身，却取得无数自然科学成就？探寻钱先生的创新精神，给我们许多启示。

以好奇心和责任感发现新问题。创新源于什么？在钱伟长看来，源于问题。这些问题可以是科学自身的空白，也可以是社会发展的需求。1931 年在清华大学他以物理入学考试 5 分的成绩申请转学物理系，因为国家处于危难需要更多的飞机大炮，这一选择成为了他人生轨迹的重大转折；1939 年他开始研究弹性板壳的统一内禀理论，因为当时国际学术界弹性板壳理论的研究十分混乱，这一研究获得了爱因斯坦的高度评价，从而奠定了他在国际科学界的地位。新中国成立后，他从 58 岁开始学电池知识，因为中国坦克缺乏高能电池；64 岁以后学习计算机，提出宏观字形编码方案“钱码”，还有一系列重要发

现、发明。这些研究的启动首先源于他抓住了创新的问题。他认为中国要培养“满肚子都是问题的人，这种人是我们国家需要的。培养博士生就是使一个没有问题的人变成有问题的人，也懂得力所能及来解决问题”。从科学研究的规律来看，发现问题的能力甚至重于解决问题的能力，非如此不能突破常规路线，不能发现空白领域，就不能实现原始创新。

以掌握经典和融会贯通汲取新知识。后人常常惊叹于钱伟长对新学科的掌握速度，他自己也说：“我可以临时开一个题目，保证三个月内就可以开展。我会查资料，看书也快，今天干完这个，明天就可转到另外一个题目去。”这种能力源于他非常注意学习方法，对于有人说他是“万能科学家”，钱伟长回答说：“其实不是万能，不过我会去学一类东西，我会看人家的东西，看懂了我自己能下结论，并在这个基础上再做下去。我懂得爬在人家肩膀上，我要永远爬在人家肩膀上。”从钱伟长的经历来看，多读经典著作，多读最新文献，多做一手调研，这样才能迅速进入新领域。在科学研究领域日益交叉纷杂的今天，创新不能仅仅是停留在单一领域的封闭行为，打通专业壁垒、推进领域融合显得更加迫切。

以谦逊态度和勤奋学习保持新动力。尽管自己的成就很大，但钱伟长始终很谦虚，他认为：“应该觉得自己不懂的东西很多很多，那你就是很有学问；你觉得什么东西都懂，你大概是没有学问的。”对于有人对他的“天才”赞誉，钱伟长说：“我不是天才，我的学习是非常勤奋的，我发现很多东西我还不懂，需要，我就学。你们不要相信天才论，关键是在于刻苦和努力。没有学不会的东西，问题在于你肯不肯学，敢不敢学。”他是这么说的，也是这么做的。在钱伟长的家里，70 岁以前没有电视，因为怕看得多浪费时间，而且 50 多年了一直保持“开夜车”的习惯。到老了他还自信地说：这么多年来，我没有懒过，我的知识没有老化。事实上，88 岁时他还写了一篇 50 多页的长篇论文《中国魔方的构造特性及其不惟一性问题的研究》，让许多人称赞不已。这种谦虚和勤奋是一个人保持持续创新的根本动力，也是保持精神青春的重要法宝。

钱伟长的去世留给我们太多思索，他的高才、高德和高寿让后人有太多敬仰。认真学习这位伟大科学家的创新精神，于国于己，其利深远。

10 岁与 98 岁的问答

2020 年 10 月，清华大学附小即将迎来建校 105 周年，学校发动在校的学生们采访附小校友。女儿是附小五年级学生，一天放学回来告诉了学校的安排，问我可以采访谁，我问附小有哪些杰出校友，孩子回答说，老师们提了有物理学家杨振宁爷爷，还有其他人，没有太记住。

说者无意，听者有心。第二天，我联系了杨振宁先生，问可否接受一位附小学生的校庆采访，得到了肯定答复。

当女儿放学后我把这个消息告诉她时，孩子高兴极了，不过，很快又有些发愁，不知该问些什么问题，因为杨爷爷是大科学家，如果问的问题很幼稚会不会不太好。我告诉女儿，这些问题必须自己去想，只要是真实的问题就好，当然，最好简单些。

女儿回到自己房间，很长时间才出来，告诉了她想到的三个问题。

于是乎，就有了下面的三个问答。一名清华大学附小五年级的10岁小学生提问，一位清华大学附小杰出校友、98岁大科学家杨振宁先生回答。

问答如下：

问题一：杨振宁爷爷小时候的梦想是什么？

答：小时候的梦想是成为一个冰球运动员，把冰球打进对方的球门中。

问题二：小学生如何养成良好的学习习惯？

答：先做作业再玩耍。

问题三：能否给现在清华附小的学生们提出一些寄语？

答：找到学习的乐趣。

女儿的问题简单而具体，杨先生的回答真诚而有趣，充满启发性。第一个问题的回答充满画面感，也很有冲击力，可以想见杨先生少年时的锐气。第二、第三个问题的回答

简洁而深刻，分别只有七个字，却是言简意赅，回味悠长。

女儿把这次特殊的校庆校友问答带到附小，得到了老师们的称赞与重视，认为这是给附小校庆的一份特别礼物。

从这次问答之后，“先做作业再玩耍”与“找到学习的乐趣”成了我们家里经常重复的话，有时我刚刚开个头“杨爷爷说过……”，女儿马上就会把这两句话重复出来。

不过，女儿似乎对打冰球没有太大兴趣，想来这个爱好确实很“小众”。

1/3 时间搞科研

近日《人民日报》以整版篇幅刊登了对某国立研究所课题组组长、首席科学家的访谈，这位科学家坦言一年当中，大约 1/3 的时间用来申请项目，1/3 的时间处理各种杂事，真正用在科研上的时间有 1/3 就不错了。许久以来，调研中常会听到科研人员抱怨没有时间搞科研，但当这一数据清晰地摆在面前，依然让人有触目惊心之感！

我们为只有 1/3 时间搞科研的科学家感到可怜。这位科学家 2005 年从国外回来，感觉一天都没有停下来过，尽管满怀科研报国之志，但现在的心态更多的是紧张、苦恼和焦虑。很想做科研，静下心来做科研，却宛如陷入某种“怪圈”难以自拔，第一台仪器做出来后，就有许多双眼睛盯着问什么时候出成果？什么时候发文章？还有学生毕业得赶紧发文章，项目要结题经费怎么处理……以至于这位科学家有一段时间一站起来就浑身发抖。如此状态下的科学家岂不可怜？

我们为只有 1/3 时间搞科研的科学家感到可怕。今天的科学研究进展是一日千里的，今天的科学研究竞争更是无国界的，当其他国家科学家在全时投入科研时，当我们愈发聚焦在从 0 到 1 的原始创新能力时，只有 1/3 时间搞科研如何能占据前沿？各种项目经费申请、人员考评机制搞得科学家们很难沉下心来，要想“十年磨一剑”做开创性的事情，简直就是妄想！这位受访科学家坦言，国内这种状态的科研人员还有很多。如此状态下的科技界岂不可怕？

只有 1/3 时间搞科研，对一个人来说，可怜；对一个国家来说，可怕。在迈向创新型国家的进程中，再不下决心解决这些问题，我们失去的不仅是巨额的投入，更是宝贵的时间。

钧窑与牛津

钧窑是北宋年间五大官窑之一，烧制的瓷器色泽艳丽、多姿多彩。近日与清华校友总会文创专委会的同仁一起考察了宜兴的陶瓷博物馆，看到了一些钧瓷。当讲解人员告知钧窑烧制的重要特点是“入窑一色,出窑万彩”时，给我很大触动。这个触动不是对钧瓷的赞叹，而是让我想到了大学育人的目标。当莘莘学子从四面八方来到清华，当这些青年才俊凭借统一的考试成绩进入清华，经过数年教育后，走出学校的应是各具特色的社会栋梁。“入校一色，出校万彩”，正应是清华育人、大学育人的形象表述，如此才能培养出更多创新人才。

在宜兴考察后的第二天就来到了牛津大学，参加学校教务处组织的英文教学研修项目。沉浸在牛津的校园中，与许多教师、学生交流，更深切地体会到大学育人的真谛，找到了“入校一色，出校万彩”的机理。

作为一所有着超过800年历史的世界名校，从牛津走出的优秀校友不胜枚举，牛津的历史性、全球性声誉得益于其育人成就。那么，牛津的这些育人成就是怎样获得的呢？

牛津对本科教育极其重视，本科生在校期间都配有导师。这些导师不是挂名的，不是见不到人的，而是要经常与学生见面的，基本上做到了“四个一”，即每星期一次、每次一小时，常是一对一谈话。如此耳提面命的师傅带徒弟式的教育，让学生成长有了持续的、近身的、具有针对性与差异性的指引。

牛津的课堂提倡双向教学方式，教师在讲授中会持续地提问，不断检查学生理解情况，学生必须集中精力思考与回答问题；牛津的培养是以批判思维作为重点的，教师鼓励学生独立思考，提出自己的判断。

牛津的环境是安静的、丰厚的，充满了人文气息，学校内到处是图书馆、博物馆、运动场、花园、草地、音乐室，据说图书馆有100多座，还有藏品琳琅的科学博物馆、自然历史博物馆、艺术博物馆，以及到处可见的大片草地和美丽花园。

笔者与一位年近80岁的牛津教授谈话，他所在学院历史上有许多杰出的校友，包括：亚当·斯密，3位英国首相，7位诺奖得主，许多政治家、艺术家、新闻记者等。我们讨论的话题是“如何成为好的老师”，得出的结论是，好的老师应能点燃学生的思想（light the mind），老师是“点火者”（a teacher is a lighter）。

大学的育人氛围至关重要，这既来自课堂、教师，也来自设施、环境。前者是人与人之间形成的氛围，后者是人与物之间形成的氛围。这种氛围是一种探讨人生的氛围、追求真理的氛围。在这种氛围中，学生们有了对人生的自觉反省，有了对知识的无限渴求，大学教育的使命也就自然实现。在这种氛围中,学生的内在学习动力、正确学习方法逐渐形成，每个人都是不一样的，每个人都是积极成长的。

牛津大学有记录的授课历史可追溯到1096年；钧窑技艺在宋徽宗时期达到高峰，而这位中国历史上著名的艺术皇帝于1100年继位。如此相近的年代，很是有趣。

“极品信从窑变得，成功一件价无伦。”“窑变”是形成钧瓷的重要原因，有了这种变化，“入窑一色”的青瓷才能在近1400℃的高温烧制中出来“出窑万彩”的作品。对于大学育人来说，就是要推动“窑变”，让青年学子们在火热的熔炉中成为一个个充满个性、理性、知性和创造性的“价无伦”的人。

没有珍珠怎能换玛瑙？

在中美战略经济对话中，中美双方围绕中国自主创新战略展开了激烈的讨论。美方认为这一战略的实施影响了自己的利益，特别是对2009年开始实施的自主创新产品认定工作感到“恐慌”。

其实，作为一个拥有全世界最强大科技实力的国家，美国大可不必如此敏感。这样的质疑既不必要，也不正常。在过去数十年的合作中，中方出口到美国的主要是科技含量不高的产品，从美国进口的却是大量高科技产品，所谓“八亿件衬衫才能换一架波音飞机”就是这种技术实力差别的鲜明体现。但是，作为一个发展中大国，中国不能永远停留在做衬衣的国家，也要做自己的飞机。不如此，无法实现中国持续发展；不如此，国际竞争格局中的“中心—外围”格局将会固化。

自主创新作为一个国家战略提出，不是一蹴而就的，是中国在长时间的调研讨论过程中、在深刻把握当代国际竞争态势中形成的，很重要的原因有三条。一是要提高技术对经济增长的贡献率，以应对主要依靠资本投入和廉价劳动力实现增长的问题；二是提高资源利用效率，改善环境水平，以应对资源枯竭和环境恶化的问题；三是提高企业和产业创新能力，以应对全球化条件下国际竞争力不足的问题。说到底，这一战略是为了推动中国走上创新驱动、内生增长的可持续发展之路。

在提高本国自主创新能力上，采用政府采购工具和鼓励本国产品的消费政策是一个通行的、有效的惯例。韩国、日本等国在实现追赶的进程中，都把政府采购本国产品作为重要手段，即便是美国也有采购美国货的政策导向。为什么一个发展中的国家提出鼓励采购本国产品就要被“说三道四”呢？

在中国的改革开放进程中，对外国合作者给予了最热情、最大限度的优惠和支持，市场的开放程度和政策的支持力度是有目共睹的。在中国受益的同时，跨国公司从中国市场的受益何其之大！难道一旦中国要开始强调自己的市场支持自己的产品就要被“说三道四”吗？

在人类的合作发展上，不论是个体、企业还是国家，都有一个“对等交换”的规则。也就是说，石头只能换砖头，珍珠才能换玛瑙。中国现在希望培育更多的珍珠，不仅是为了让自己更好看，也是为了能够换回更多的玛瑙，更是为了让世界因为中国的珍珠而更美丽！

从全球范围来看，科技创新并不必然带来积极的社会效果，其效果取决于其目的。科技创新不是为了致富，不是为了炫耀，更不是为了打架，而是为了行善。科技创新要成为人类进步的“善知识”，就要以解决全球性问题为目标，以推动全球性合作为途径。

过去，中国从坚持改革开放中受益，未来，中国依然会坚持这一基本国策。不同的是，这种开放将是更大力度的开放，这种合作将是更高层次的合作。

科学精神的“育种人”

2012年10月的一个下午，4位农民抬着写有“天降神农，造福人类”的牌匾，提着自家生产的土鸡和鸡蛋，亲手送到袁隆平手中。这块牌匾是由溆浦县横板桥乡兴隆村和黄茅园镇金中村村民联合赠送的。在清脆的爆竹声中，袁隆平说：“这份朴素又特殊的感情，我由衷地感受到了。我就是一个农业科技工作者，不是神，搞研究就是为农民服务，农民高兴我就高兴。我领到过很多奖，农民给我‘颁奖’还是头一次，这个‘奖’价值更高。”

袁隆平是伟大的科学家。中国政府将首届国家最高科技奖的荣誉给他，美国科学院将院士头衔给他。这些荣誉是对他科研贡献的肯定，更是对他科学精神的推崇。在半个世纪的科研活动中，袁隆平不仅为中国人解决吃饭问题培育了杂交水稻的种子，更为中国建设创新型国家培育了科学精神的种子。这是我们最可宝贵的财富。

他对科学保持着内在、纯粹的热爱。袁隆平从20世纪60年代开始从事杂交水稻研究，一头扎进水稻田中，一口气干到今天，这期间无论是政治风云还是经济大潮，他都没有停滞过自己的科研活动。他每天到试验田进行科学试验，他有一句话广为流传："我不在家，就在试验田；不在试验田，就在去试验田的路上。"到了花甲之年以后，他对科研的紧迫感愈发强烈，凡是能够推掉的社会活动一概躲开，他的理由是想多做点科研。袁隆平的科研团队朝着杂交水稻更高产、更优质的目标不断迈进。这种对科学的热爱和执着，是全世界科学大师的共同品质，感染了他身边的研究团队，播撒着热爱科学的精神种子。

他对名利保持着超然、一贯的淡漠。在中国，杂交水稻育种的成果基本上是无偿使用的。这在很多人看来是不可思议的，要知道，很多人拿着他育的种子去卖钱，而在美国即便是常规稻种也是要卖钱的。但袁隆平从骨子里把科学成果当作全社会共有的财富，当刚刚发现新品种的时候，他就毫无保留地向全国育种专家和技术人员报告。到了今天，他的名字甚至已经被估值超千亿，但他内心对名利的淡漠却是始终如一的。他说："人的身上，最值钱的东西，是脑袋里的知识！"在袁隆平看来，杂交水稻对维护21世纪世界粮食安全起着至关重要的作用，如果世界上杂交水稻种植面积达到水稻总面积的50%，水稻产量将会再增加1.5亿吨，可再养活4亿~5亿人。

因此，他满脑子想的都是希望杂交水稻的科研成果和技术能得到更大范围推广。这种对个人物质利益的忽视使得他把全部精力聚焦在科研活动中，也使得他成为凝聚人心的精神偶像。事实上，对一个真正的科学家来说，名利只是枷锁，会桎梏前进的脚步。袁隆平的利益观成为一颗高尚的精神种子，让所有接触他、知道他的人都在感慨之余向他靠拢。

他对人民保持着真诚、平等的尊重。袁隆平不是一个陷入书斋的科学家，更不是一个与实践保持距离的科学贵族。不论从外表还是内心，他都愿意自己更像一个农民。第一次见到他的人，面对着一个瘦小身材、高高颧骨、微驼背、有些许老人斑的黝黑脸庞，还有被稻叶划出一道道伤痕的手臂，很难把他与“著名科学家”的字眼联系起来。但在袁隆平看来，这很正常，因为他不愿意让农民觉得和他生分，他希望和农民交心，希望农民用他的种子，并提出意见。他常说：“中国农民有很丰富的水稻种植经验，应该向他们学习。”这种服务人民、依靠人民的意识，正是科学精神宝贵的内核。

有记者曾问诺贝尔医学生理学奖获得者、美国科学家伊格纳罗，如何看待中国科学家未得诺贝尔奖的问题时，他明确回答：“我认为，对于发展中国家的科学家而言，重要的不是获得诺贝尔奖，而是能做什么才能让同胞们更加健康和富有。”正是这种把个人科研与民众福祉紧密相连的选择，才能使一个科学家获得更真诚、更持续的尊敬：袁隆平工作单位门口的道路乃至银河系的小行星都以他的名字命名，从总理到农民都称他是“国宝”，甚至有农民自发地为他塑汉白玉雕像。袁隆平对自己人民的热爱是一种极其高贵的精神品质，在建设科技强国与和谐社会的进程中具有强大的力量。

2012年10月16日是第32个“世界粮食日”,这天上午，由袁隆平牵头建立的“中国种业技术交易平台”在长沙举行了挂牌典礼，这是全国第一个专注于种业技术交易的平台。该平台的建立，标志着袁隆平“中国国际种业交易中心”项目的建设踏出了重要一步。袁隆平说，希望通过这一平台，把最好的种子以最低的价格提供给农民。“平台通过电子网络交易，减少了很多中间交易环节，直接为农民服务，我们好种子到农民手中经历过很多环节，比如超级稻20元一斤，到中间商那里卖给农民七八十元一斤，有了这个平台之后，中间商没有了，很多假冒伪劣种子也没有了”。

美国学者巴来伯格在《走向丰衣足食的世界》一书中这样评价袁隆平:“袁隆平为中国赢得了宝贵的时间，他增产的粮食实际上使人口增长率下降了，他在农业科学上的成就击败了饥饿的威胁，袁隆平领导着人们走向丰衣足食的世界。”其实，从大历史的视野来看，袁隆平不仅领导着人们走向丰衣足食的物质世界，更领导着人们走向高尚纯粹的精神世界。

“生命”的活力哪里来？[1]

——北京生命科学研究所体制机制创新的启示

运行仅3年、正式挂牌仅1年、骨干研究人员平均年龄30来岁的北京生命科学研究所（以下简称“生命所”）已渐入佳境，成果频出。为什么在如此短的时间里、如此年轻的一支队伍能够取得如此显著的成绩？这是令人深思的。

我到生命所去过3次，每次去都会接触不同的人，从生命所负责人、行政人员到实验室主任、博士后、研究生等，每次都很受震动。这种震动不仅来自于他们的研究成果，更来自于每个人身上洋溢的活力，那种聚焦于科学研究的简单而快乐的活力。事实上，生命所通过自己扎实的体制机制创新，在获取创新成果、培育创新人才、建设创新文化方面取得越来越突出的成绩，正在成为中国科技体制改革的一块越来越重要的“试验田”，具有着重要启示意义。

1　本文刊发于《科技日报》2007年4月17日第1版。

以公开、竞争的机制，坚持唯能力的标准，选拔真正站在国际学科前沿的领军人才。一个研究团队的水平，是由其领军人的水平决定的。生命所的领军人王晓东，是从 26 个候选者中脱颖而出的，作为美国科学院最年轻的院士之一，他在国际生命科学领域是站在前沿的标杆性人物。这样的领军人才极具感召力，也极具判断力，后来许多实验室主任就是在他的鼓动、带动下回国的。从成立之初，生命所在选拔人才上就坚持公开、竞争的机制，聘请全球顶尖专家组成评选委员会，打破一切框框，先后 4 次面向全球招聘优秀人才。王晓东说："别的单位招人唯职称、唯论文、唯出身，我们就看人，看潜力。""选人没有框框，不在意是否从过名师，是否有好背景，只有一条标准——能不能干。”一流的选拔机制，非教条的选拔标准，使得生命所陆续吸引了20位优秀留学人员全时回国工作，组成了一支极具战斗力的科研团队。

让科研人员享有最大的方便，让行政权力远离学术活动，建立以科研活动为中心的行政管理体制。生命所的科研人员有一个普遍感受：后勤服务效率很高，需要的时候一定会在第一时间出现，不需要的时候又仿佛不存在。作为行政副所长的智刚，准确地把握了自己的定位，“我们的宗旨就是行政不干预科研。要让科研人员享受最好的服务，却感觉不到行政力量的存在”。在生命所里，一切行政活动以科研活动为中心，以让科研人员满意为评估考核标准，而行政人员的业绩以科研人员最后反馈的意见为依据。《道德经》里在谈到管理的境界时分了四个层次：“太上，下知有之。其次亲之誉之。其次畏之。其次侮之。”而生命所的管理已接近了“太上”的层次，让所有的科研人员享受行政服务之便，而无管理制约之碍。

生命所重视成果在本领域的影响力，淡化论文发表杂志等级与数量，以推动科学研究的实际贡献来评价研究成果。生命所对研究人员没有量化的发表论文指标，更没有刻意强调杂志权重大小，而是提出了一条“很虚”的评价标准：国际一流水平。对此，我听到了这样的阐释：发表论文的数量、杂志的权威度甚至引用次数，由于选题角度、实验安排等原因，都不能非常准确地代表成果的水平，我们要看的是一项研究成果对本领域的实际贡献程度。这个看似很虚的评价标准，实际上把科研人员的自我要求和成就感提升到了一个很高的境界，一个超越了具体量化指标和外在约束的境界。也正因为如此，生命所里那些在国际权威学术期刊上发表论文的研究人员，并不看重任何物质奖励，当被问及如何看待其他单位对论文发表的高额奖励时，一句简单回答“发论文是应该的”，让听者感慨不已。

打破对科研权威的神秘感，树立对科研活动的尊敬感，最大限度地引导、释放学生的研究能力。在生命所里，不论是所领导、实验室主任，还是来访的世界顶级科学家，都与学生保持开放、平等的交流氛围，他们与这些年轻的研究人员一起讨论，一起实验，一起吃饭，一起运动。他们以自己的自然亲切打破了青年学子对学术权威的神秘感。与此同时，他们又以自己严谨扎实、全心投入的言传身教，让学生树立起了对科研活动的尊敬感，意识到科研活动是来不得半点马虎的，从而感受到科研事业的神圣感。一名大学生在生命所参加了六周的暑期训练，结束时说：“在这里我感受到了真正的科研氛围，在这里我学到了在学校根本就无法学习到的知识和技能，在这里我真正明确了自己将来的发展方向，在这里我找到了自己今后拼搏的动力，生命所是我生命中的里程碑，是我科研之梦开始的地方。”

赞赏别人的成果，激发自己做得更好，营造和谐竞争的内部文化。在生命所里，研究人员之间、实验室之间保持着良好的关系，没有那种封闭的、对立的恶性竞争，而是彼此支持、共同进步的和谐竞争。初来这里的人都会发现：研究所里的实验室间关系特别的好，当需要去向别的实验室借试剂、借材料、借仪器时，对方总是十分的热情和大方。在这里的学生们都感慨：“生命所能汇聚那么多的牛人，是很难得的。更难得的，却是这么多‘牛人’在一起，却相处得那么和谐和融洽。彼此合作，相互照顾，喜爱一起交流经验和‘idea’。那种各自为派、相互鄙薄和贬低的情形是与这儿绝缘的。”

培养科研的兴趣，享受科研的快乐，树立积极的科研态度。持续的科研动力、真正的科学大师，一定是以探求真理为乐趣的。在生命所里，这批年轻的研究人员普遍保持着淡泊的心境，不少人从某种程度上讲是不爱享受，或者说不屑于享受的“寡欲”之人。他们不看重外表，不愿意应酬，还有的为了避免外界干扰不用手机。在他们看来，徜徉于未知世界孜孜以求的乐趣超过了所有的休闲娱乐。这种气氛感染了来到这里的每一个人，每次在这里，我都会想到当年孔子对颜渊的称赞：“贤哉，回也！一箪食，一瓢饮，在陋巷，人不堪其忧，回也不改其乐。”许多年轻人喜欢生命所，就是因为在这里，可以让人做到除了科研，什么事都不想。一名大学生在暑期训练结束时说：“自己的心里俨然没有了要‘出去’的兴奋，有的只是一种无法同他们一起为科学而献身的失落。”

我们衷心期待，生命所在未来的征程中，以持续的体制机制创新，孕育国际顶尖水平的原创成果，培育一流的科研人才和科研精神，成为中国科研院所体制改革的“领跑者”。

为了搞好中国企业[1]

我们是清华大学经管学院国际金融专业第一届本科生班级。1993 年，在朱镕基院长加快培养金融人才的要求下，学校从全校本科生二年级挑选了一批学生组成了国际金融与财务专业的“经 12 班”，我从电子工程系来到了经管学院。在我的印象中，来到经管学院后，全班同学都抱着极大的热情投入经济学、金融学、管理学的学习中，越学越觉得有意思，越学越觉得与中国经济飞速发展相比，中国经济发展的理论与人才积累还远远不够。到了 1994 年经管学院院庆 10 周年的时候，我们有幸聆听了朱院长的讲话，与朱院长一起合影，尤其是亲耳听到他说“你们每个人搞好一个企业，中国经济就有希望了”的寄语，非常振奋，倍感责任重大。

在国务院国资委工作期间，我经常会听到委里领导以及许多中央企业负责人提到朱院长，说没有 20 世纪 90

1 本文根据作者在 2014 年 3 月 29 日清华大学经管学院召开的朱镕基院长 1994 年重要寄语重温座谈会上的发言整理而成。

年代末他领导国企攻坚脱困，以极大的勇气和力度处理国企发展面临的复杂矛盾，就没有国企后来的脱胎换骨。我记得，1996 年我大学毕业的时候，多数同学不愿意到国企工作。而现在呢，我最近看到一个数据，说 2013 年清华的毕业生有 43.8% 到国企就业，而就业人数最多的 10 家企业都是国企，其中有航天科技、航天科工、中国电子科技等 7 家中央企业。学生的自主选择说明国企越来越好了，反过来说，国企越来越好也源于人才素质越来越高了。在去年的《财富》世界 500 强企业中，内地企业已经达到 86 家，其中国务院国资委监管的企业达到 45 家，地方国资委监管的企业达到 22 家。应该说，这些年中国经济高速增长与中国企业竞争力持续提升直接相关，这也正印证了朱院长的讲话精神：搞好企业，中国经济就有希望。现在想来，朱院长在当时的大场合突然即席说这句话，既是对清华学生的殷切期望，更是对搞好中国企业的强烈期望。

我现在的工作就是在做企业工作，天天与不同的企业打交道，天天在琢磨中国企业怎样才能越来越有国际竞争力。重温朱院长的寄语，更觉得担子沉重。尽管中国的企业发展取得了一些进展，但与“做强做优、世界一流”的要求相比，与朱院长“搞好企业”的要求相比，还有较大差距。通过工作实践，我体会到，要搞好中国企业，还要在以下几方面下大力气。

一是下力气提升企业创新能力。这些年中国企业的许多技术来源于国外购买，这在中国远远落后于发达国家时可以,但中国现在已经从“技术洼地”变成“技术平地”并在向“技术高地”迈进，发展阶段不同了，我们能够买来的东西已经很有限。特别是在创新能力主导的全球价值链形成后，我们只有立足自主创新、通过创新驱动才能占据价值链的高端,真正从“中国制造”变成“中国智造”。

二是下力气提升企业品牌价值。中国企业的产品和服务越来越有竞争力，实力越来越强，在《财富》世界500强企业榜单中可以排到全球第二，但在《福布斯》全球品牌100强榜单中却乏善可陈，遥遥落后。前不久，我参加了爱德曼公司2014年全球信任度报告发布会，从报告中可以看出，中国企业在全球公众中的信任度还不够，落后于一些发达国家企业。当今世界企业竞争中，品牌和形象绝不是小事，而是关乎企业能否占据竞争制高点的大事。而且，企业形象与国家形象直接相关。

三是下力气提升企业治理水平。这些年，中国企业的治理结构有了许多改善，但与建立现代企业制度要求相比，中国企业的治理结构还不完善，董事会建设还不完善，国企存在行政化问题，民企存在家族化问题。现在提出搞混合所有制经济，有人认为“一混就灵”，认为引入非公资本与国有资本“混起来”就可以,我看没有那么简单。实践经验表明，“混起来”容易“合起来”难。“混起来”是物理过程，在股权层面；“合起来”是化学过程，在制度和文化层面。现在一些比较成功的搞混合所有制的企业，比如中国建材集团与大量民营小水泥企业组建南方水泥公司比较成功，哈佛商学院还做了他们的案例，在股权混合后经过了较长时间的融合过程。我认为，要实现从简单股权混合到深度制度创新，需要在战略、管理、

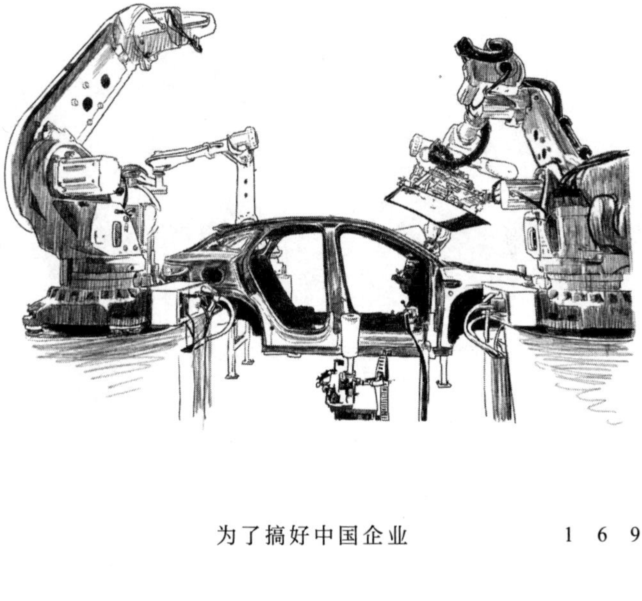

组织、文化等方面下细功夫，还需要利益的组合、资源的整合、文化的融合。搞混合所有制企业，混合是手段，融合是重点，制度是关键，发展是目的。

以上是我的一些感受和认识，借今天座谈会的机会说出来与大家分享。我很珍惜在经管学院、在清华学习的日子，也会牢牢记住 20 年前朱院长的嘱托，认认真真研究企业发展问题，立足岗位，多作贡献，为推动中国企业发展做出自己的贡献。

蛮拼的清华人

2015 年 5 月参加了中组部在清华举办的中央和国家机关司局级干部选学“科技前沿和社会发展”专题班，学到很多，感触良多。或许是因为这个选题很吸引人，报名参加这个班的人很踊跃，有 100 多人。报到时看名单，许多部委都是一家单位来多人。

难得这样一周时间系统听课，更重要的是，课程涉及电子、信息、材料、生命科学等学科，比较全面地覆盖了当前的前沿科技领域。各位老师的讲解不但展示了各自研究领域的新进展，还展现了清华人在科研中的精神气质。

开班当天，邱勇校长参加开班仪式并亲自授课。邱校长开篇就讲，“今天是我 3 月 26 日就任校长后第一次讲课”。他说，没想到当了校长会如此忙，但自己热爱讲课，会尽量抽时间讲课。他的简短、质朴开场白赢得了台下热烈的掌声。

在讲课中，邱校长结合自己的科研经历重点讲述了“显示与照明产业的创新发展”。他说自己从 1996 年开始关注有机光电材料与器件领域，尽管当时很少有人关注，但自己咬牙坚持，十余年里克服了多次缺资金、缺人手的问题，终于做出了OLED大规模生产线，在科研和产业化领域都取得了成果。

邱校长讲到自己做科研时,多次用到“有趣”“有意思”的字眼,让大家感到一名科学家对科学研究的兴趣、热爱。在讲到自己办企业、大学办企业的目标时，他明确提出，“不在企业盈利，而在长远的技术应用”，让大家感到一名科学家对社会发展的责任、使命。

开始讲课时，主持人示意邱校长可以坐着讲，但他没有，而是走到了讲台后。3个小时的课程，邱校长是站着讲完的，充满激情，其间听众笑声、掌声不断。课后，许多人与邱校长合影。大家感慨：如此充满激情的校长，太有感染力了！

其实，这种感觉贯穿在整个课程中。薛其坤院士在讲授“物理学与现代信息技术”时，充满了对科研中获得新发现的陶醉感，讲到自己在实验室动不动就干到夜里一两点，丝毫没有疲惫无奈的感觉，那种眉飞色舞的喜悦感染了在场的所有人。坐在我旁边的一位司长感慨：当了副校长、院士，还这么拼，真令人钦佩！

尤政院士在讲授“微机电系统技术”时，讲到1995

年开始关注微米纳米技术在微小卫星中的应用，尽管起初人很少，但坚持了20年，终于有了“清华一号”微小卫星的成功。他也特别谈到，清华就要做超前5~10年的技术，之后转给企业，推动产业发展。

在一周的课程里，老师们的讲授，既介绍了自己的科研经历，又展示了行业的科研前景；既有对探究未知物质世界的强烈好奇心，又有对国家创新能力提升的浓郁使命感。在班级微信群里，大家热烈讨论、交换各位老师的图片。大家感觉：清华人真是蛮拼的！

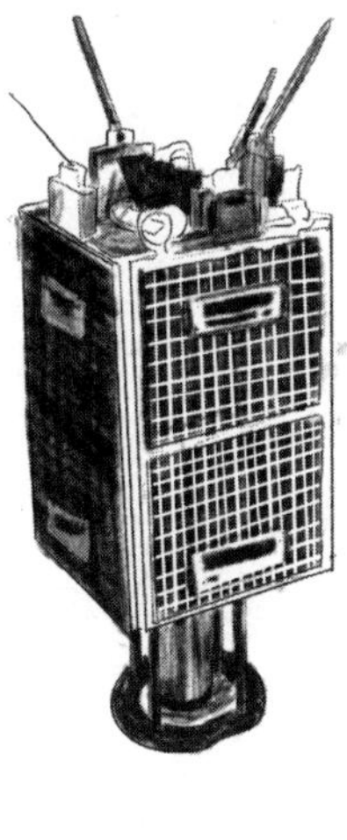

课程最后一天，要求大家填“教学质量评估表”，包括培训设计、培训实施、培训管理、培训效果4类10个指标。我都打了10分，左右看了看，各位司长、局长大都如此。

课程结束后的某一天，班级微信群里有人发了一条：给我们上课的薛老师上新闻联播了！很快，又有人发了《经济日报》头版对薛其坤的专访《科研的快乐让我停不下来》。于是，许多点赞纷纷跟进。看来，清华老师们的感染力还在延伸！

建设世界科技强国的清华力量

2016年6月，清华大学多项科研成果亮相国家“十二五”科技创新成就展，集中展示了清华大学坚持走中国特色自主创新道路的奋斗历程，也充分体现了清华大学奉献科教兴国、人才强国、创新驱动发展等国家战略的历史使命。

60年前，国家发出“向科学进军”的号召。清华大学实行教学、科研、生产“三结合”，创办了原子能、无线电等一批国家急需的新技术专业，积极参与“两弹一星”等重大工程，完成国徽、人民英雄纪念碑、密云水库等重要设计，成为中国培养高层次人才和发展先进科学技术的重要基地。

40年前，中国科技界迎来“科学的春天”。清华大学瞄准世界科技前沿，布局战略科技领域，紧紧围绕改革开放和社会主义现代化建设的战略需要开展科研，从20世纪80年代开始对高温气冷堆进行前瞻性探索，经过30多年的努力，已突破全部核心技术，世界首创的具有固有安全性的高温气冷堆商业示范核电站正在建设，使中国一举占据了世界核能科技的制高点。

此次在国家“十二五”科技创新成就展“重头戏”的国家重大科技专项展区，展出的清华大学“高温气冷堆核电站重大专项”和“极大规模集成电路制造装备及成套工艺重大专项”，展示了学校一贯秉持的面向国家重大战略、面向基础研究前沿“两个战场”的理念。

回顾中国科技发展历程，整体上经历了从“技术洼地”到“技术平地”再到“技术高地”的转变。在第一个阶段，中国可以较为容易地获得国外的技术转移；在第二个阶段，中国已成为世界科技发展的有力参与者，得到外部技术越来越困难；而在第三个阶段，中国与许多科技发达国家一样，进入科技创新的“无人区”，只能靠独立探索才能获得新的突破。

2016年4月，清华大学启动科研体制机制改革，提出要超前部署一批面向未来10年、20年的重大科技项目，力争实现科学研究从跟踪到引领的跨越。这一战略目标的提出，正是基于中国科技发展的历史阶段与使命目标。在中国科技从“技术平地”到“技术高地”的发展进程中，清华大学就是要站在推动中国现代化与民族复兴的角度去推动科技创新，不断增强创新自信心，提高自主创新成果的源头供应能力，支撑与引领创新驱动发展战略。

今天，国家发出“建设世界科技强国”的号召。在迈向世界科技强国的进程中，中国要拥有世界一流大学，要做出世界级科学成果，要成为世界的创新高地。我们相信也期待，在迈向世界科技强国的未来30年征程中，清华大学将以更加积极的姿态，深度参与创新驱动发展战略实施，争取为国家发展、人民幸福、人类文明进步做出新的更大的贡献。

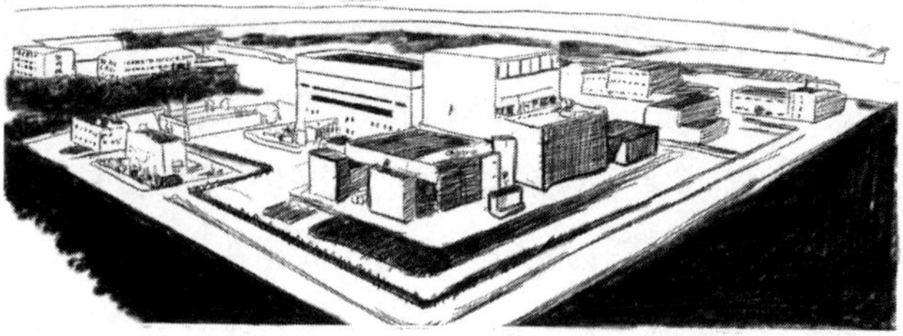

让清华的文创声音更加响亮[1]

清华校友总会文创专业委员会今天正式成立了。这是一件大好事。这是献给母校105岁生日的一份礼物。这个专委会必将让文创领域的清华校友更加团结，让清华的文创声音更加响亮，也让人文清华的建设更加有力。

文创业是具有双重功能的重要行业，关乎经济转型，关乎思想文化。文创专委会校友的覆盖领域很广泛，包括：音乐、影视、动漫、游戏、旅游、演出、创意设计、版权交易、文创投资等。这些领域都与人们的精神生活密切相关。

这让我想起了1992年，当时，我还在校读本科，我们一些对影视有兴趣的同学一起，发起成立了清华大学学生影视欣赏与评论协会，我是首任会长。我们的目标，就是希望清华园里有更多更浓的文化氛围，希望通过我们的努力，服务同学们的精神成长，服务人文清华建设。后来，我们参与发起了北京市大学生电影节，至今已经23届，

1 本文根据作者在2016年4月21日清华校友总会文创专业委员会成立大会上的致辞整理而成。

第 1 届到第 4 届我都是评委，我们还积极推动清华同学到北京电影学院攻读二学位，在当时，这可是一个热门选择。

此次文创专委会的成立，依然延续了 20 多年前的情结，要为人文清华多作贡献，要让科学精神与文化底蕴成为清华人飞翔的一双翅膀。

文创专委会提出：以“集聚创意、引领文化”为发展理念。在这个创意制胜的时代，文创专委会就是一个平台，把大家的个体创意聚在一起，以期产生更大的创意；在这个文化凸显的时代，文创专委会就是一面旗帜，希望引领清华校友文创事业发展，进而推动中国文化事业发展，实现文化自觉、文化自信、文化自强。

文创专委会的成立酝酿了较长时间，从发起动议到今天正式成立有近半年时间。这期间，得到了校领导和校友总会的大力支持，得到了校友们的大力支持，得到了顾问老师的大力支持。这些支持汇聚起来，就是我们专委会前进的持续动力。

我们能做的，就是在今后的工作中，以“开放、共享、公益”为建设原则，加强行业内校友之间的联系、加强校友与母校之间的联系，为校友成长作贡献，为母校发展作贡献，为社会进步作贡献。

关注汉字关注心

青年学者皮明的新著《汉字心能量》由清华大学出版社出版，作者嘱予写序。这本书独辟蹊径，以数百个带“心”字旁的汉字和含“心”字的词语为研究对象。自己本对汉字研究是外行，觉得不可写、不能写。但作者说，这本书原本就是外行看汉字的书，写些感受可让读者更亲切。听起来很有道理，于是答应下来。

仔细翻看此书，眼前一亮。这是一本以新鲜视角、新鲜表达探索中国汉字乃至中华优秀传统文化魅力的著作，展示了对汉字进行创意传播的无限可能。

汉字是具有独特魅力的文字体系，这种魅力突出体现在其构字方法的象形、指事、会意上，体现在其“形、音、义”的紧密结合，体现在汉字中蕴含的深刻文化内涵。今天，由于大量简化字的使用，由于电子输入设备的普及，许多人已经淡忘了汉字的独特魅力，忽视了汉字的深刻意蕴，仅仅把汉字当作一种记录符号。这种对汉字魅力的遗忘，既是当前汉字发展的遗憾，更是当今国人生命的遗憾。

汉字作为中华文化的重要内核，积淀着中华民族深沉的精神追求，是中华民族生生不息、连绵延续的滋养与纽带。当今天的研究者阅读3000年前的甲骨文，从那些美丽的文字中读出先人们的思想与行为时，那种“寂然凝虑、思接千载”的状态会激发出内心的兴奋与豪迈——为了我们的汉字，为了我们的文化，为了我们的民族。

汉字发展大致可以分为三个阶段：纯图画阶段、图画佐文字阶段、纯文字阶段。在中国，有所谓“书画同源”之论。传说仓颉造字时，“仰观奎星圆曲之势，俯查龟文鸟迹之象，博采众美，合而为字。”这里说明了汉字的来源是摹画世间万物，也因此，汉字的价值不仅是记事符号，还是审美对象。宗白华先生认为：“中国人写的字，能够成为艺术品，有两个主要因素：一是由于中国字的起始是象形的；二是中国人用的笔。”“中国人这支笔，开始于一画，界破了虚空，留下了笔迹，既流出人心之美，也流出万象之美。”汉字很美！书法很美！这种美，是流动之美、变动之美、生动之美。

李泽厚先生认为，汉字是“中国特有的线的艺术”“以其净化了的线条美——比彩陶纹饰的抽象几何纹还要更为自由和更为多样的线的曲直运动和空间构造，表现出和表达出种种形体姿态、情感意兴和气势力量。”这种“线的艺术”是自然之美的集中体现。其实，大道至简，大美亦至简。法国雕塑家罗丹曾说：“一个规定的线通贯着大宇宙，赋予了一切被创造物。如果它们在这条线里运行着，而自觉着自由自在，那是不会产生出任何丑陋的东西来的。”宗白华先生曾举此来印证中国书法之美，“罗丹在万千雕塑的形象里见到这一条贯注于一切中的‘线’，中国画家在万千绘画的形象中见到这一笔画，而大书法家却是运此一笔以构成万千的艺术形象，这就是中国历代丰富的书法”。

汉字是美的，一字如一画、一建筑，有布局、有结构；汉字更是深的，一字如一文、一书，有内涵、有深意。如此美且深的汉字，值得华夏儿女穷索致知，乐而忘返。

中华文化对“心”很关注。从“欲修其身者，先正其心”，到“君子所性，仁义礼智根于心”，再到“为天地立心，为生民立命，为往圣继绝学，为万世开太平”，直到“人心就是力量”。心是什么？是一种价值观，是一种精神状态。对于关注“反求诸己”的中华道德文化来说，心是自我修养提升关注的主要对象；对于关注“民心向背”的中华政治文化来说，心是政权基础巩固关注的主要对象。

朱光潜先生在1932年写过一个小册子《谈美》，在其中他谈道：“中国社会闹得如此之遭，不完全是制度的问

题，是大半由于人心太坏。”“人心太坏，由于‘未能免俗’。”“要求人心净化，先要求人生美化。”在朱先生看来，美化的人生要能以“无所为而为”的精神作高尚纯洁的企求，而“伟大的事业都出于宏远的眼界和豁达的胸襟”。

事实上，有了好的心态，就有好的状态；有了好的状态，就有好的生态。不论对于个体还是群体，甚至社会、国家，“心”的健康是一切健康发展的基础。

东拼西凑，拉拉杂杂，自己写了些感受，但总觉得不踏实，觉得说了好多外行话。于是求助于张岂之先生，请张先生看看此书，是否可以写个评语。令人感动的是，张先生欣然写序，给予热情鼓励。在我看来，这是为了提携后进，更是为了弘扬中华文化。

张岂之先生是中国思想文化领域的大家，我有幸于十多年前在清华大学担任张先生《中华人文精神》课程的助教。在这门课上，张先生讲了人文化成、刚柔相济、天人之际、厚德载物、和而不同、经世致用、生生不息，让我受益终生。2014 年暑期，在古城西安拜访张先生，畅谈两个多小时。先生尽管年逾八旬，但思路敏捷清晰，对旧事不忘，对新情熟悉，尤其对中国传统文化的传承、普及孜孜以求，先生反复说，新时期的中国知识分子不但要有专业知识，还要有人文知识，要懂得、热爱祖国的历史和文化，这有助于高尚精神世界的塑造和健康审美能力的培育。其间，先生又签名、赠予我他的著作《中华人文精神》（增订本）。拿到此书，回想当年在这门课上先生讲授的情景，宛如昨日。张先生讲课时很投入，经常情到深处会大段背诵、甚至演唱古诗词，至今还记得先生在课上高唱岳飞《满江红》的场景，让我感动至今。

张先生认为，汉字是中华文化的重要载体，其中凝聚了历史上各族人民的文化传承与创造的结晶。将汉字“心”突显出来，展示出中华文化浓郁的人文气息和不断丰富发展的开放气魄，努力勾勒心字系列的语族，有助于展示中华文化的衍生历程和构成谱系。

临别前，张先生送我到门口，并再次叮嘱，要多研究中国思想文化，这很重要。

其实，关注汉字、关注心，就是关注中国思想文化。前者是形式，后者是内容。作为中国人，生在如此悠久、浩瀚的文化中，实在是一大幸事。

他们为什么奋斗？

罗阳走了，很突然，也很令人惋惜。沈阳“的哥”为悼念罗阳去世，用出租车上的LED显示屏打出“祝罗阳一路走好”的字样,让观者动容。后来,他身边的人回忆他，用得最多的一句话就是:“他，实在太累了。”为什么这么累？用罗阳自己的话说:“航空报国不仅是荣誉，更是责任！”

其实，在罗阳所在的中航工业集团，这样的奋斗无处不在。我曾去过中航工业西飞公司进行调研，走进生产车间，首先映入眼帘的是两句标语：祖国终将选择忠诚于祖国的人，祖国终将记住奉献于祖国的人。那种报国情怀，很有冲击力。而更令人震撼的是，车间十几米高的两面墙上,分别悬挂着巨大的国旗和党旗。我清楚地记得：陪同我一起的西飞公司负责人，胸前挂着一个红色徽章，上边印的是党徽、名字和入党时间。

在中航工业一飞院，我了解到，为了预警机任务，这里的职工把“611”作为正常工作时间，即一周工作6天，一天工作11个小时。在首飞倒计时前，一线科研人员日夜奋战，后勤系统在现场设立医疗点，送饭菜到办公室和车间，幼儿园也延长孩子托管时间，前方后方一切为了首飞成功。

在一飞院，我还见到了歼轰机“飞豹”总设计师陈一坚院士，老人家1952年毕业于清华大学，已经年逾八旬，但精神矍铄，神闲气定，与大家谈“飞豹”，谈物联网、大数据。“‘飞豹’是全新的，没人敢说是抄的。”“中国人既勤劳又聪明，只要想到一起去，什么创新都能做出来。”问老学长为什么这样精神？他说：“从60年前毕业，我想的就是给国家交什么卷？”老学长曾写过两句诗：“但愿皓首伴银燕，卜居何必武夷山。”老学长的那种状态感染了在场的所有人。会后，同行的许多“80后”“90后”记者纷纷拉住老人家合影。

在神华集团国华沧东发电公司调研时，大家惊奇地发现：统一的蓝色工装上，许多人的袖子上多了四个字：共产党员。公司负责人介绍：公司的目标是建设有追求、负责任、世界一流的企业。开展“三亮”活动，即亮身份、亮旗子、亮承诺。提出号召：党员身边无事故，我是党员向我看齐。同行的专家、记者纷纷拿出相机拍下来，说要给更多的人分享这些人和事。

一位在中国黄金集团工作的师弟听说我对央企精神感兴趣，提出陪我看看他们在西藏的甲玛矿。当我来到西藏华泰龙矿业开发公司，才知道这些干部职工常年奋战在海拔3900~5300米的甲玛矿区，在空气含氧量仅为平原地区的一半的条件下，致力于铜多金属矿业的开发，带领当地百姓致富。公司负责人初见之下很精神，细谈后才知道一身的病。他陪我在矿区参观，兴致勃勃地介绍企业一尘不染、精细化管理的车间，讲述公司为员工们修建的幸福公寓、快乐公寓、希望公寓，自豪地提到公司的精神：缺氧不缺精神，艰苦不怕吃苦，风暴强意志更强，海拔高境界更高。我注意到：矿区内路灯杆上都悬挂着两面旗子：国旗和党旗。在与公司班子成员座谈时，我说：这里的干部职工战天斗地、感天动地。

记得曾经陪同陈清泰、吴敬琏两位老先生去中石化总部调研，在集团党组会议室与公司负责人座谈。会后，起身，注意到背后墙上有一幅书法作品，密密麻麻很多字。我问这是谁的名篇，公司负责人说：你再看看。定睛处，发现最右边第一列几个清晰的楷书：中国共产党章程。他说：这幅字是员工写的，公司党组每次开会就是看着党章开的。

一次听厉以宁教授讲课，他讲到效率的两个基础：物质技术基础和道德基础。他说：仅有效率的物质技术基础只能产生常规效率，有了道德基础才能产生超常规效率。事实上，中国人民的超常规效率就是由很强的奋斗精神来支撑的，而这种奋斗精神的源泉就来自中华民族文化深层的家国情怀。

曾去过青海海北州第一颗原子弹研制基地，看到当年研制人员写在墙上的标语：要搞出中国自己的“争气弹”；在中航工业一飞院得知，这里的科研人员又把预警机称作“争气机”，因为早先中国要对外采购被阻拦。

杨振宁先生曾写作《邓稼先》一文，文中提到，1971年8月16日，在返回美国前夕与上海领导人吃饭，席间收到邓稼先的信，证实中国原子武器工程中除了最早曾得到苏联的极少“援助”之外，没有任何外国人参加。此封短信给了杨先生极大的感情震荡，一时热泪满眶，不得不起身去洗手间整理仪容。其实，中国科研人员在极其困难的条件下为国家作出的重大创新贡献，正是源于这种强烈的“争气”精神。

在实现中华民族伟大复兴“中国梦”的进程中，激发每个国民的创新精神，汇聚每个国民的前行力量，以报国为己任，以落后为耻辱，以奋斗为快乐，成为加速这一伟大进程的宝贵动力。

安全飞行的背后

国航是中国三大国有控股航空公司之一，其安全性广为称道。从1955年成立至今，该公司创造了世界一流的安全飞行记录，特别是在世界上海拔最高、情况最复杂的高原机场，也已安全飞行了数十年。这种安全性从哪里来的？带着这个问题，我在2015年走进了北京的国航总部进行调研。

国航党委书记在介绍情况时自豪地说：国航是中国唯一的载国旗飞行的航空公司，始终坚持“安全第一、预防为主、综合治理”的理念，强化安全管理，保障可持续安全运行。事实上，2015年国航党委第一次常委会的首项议题就是：老规矩，议安全。而在国航2015年第一次大会上，主题还是安全运行。国航董事长强调：安全落实不能“打白条”；国航总裁强调：安全运行容不得讨价还价。

在参观国航运行控制中心时，看到这里先进的监控体系，可以接收以北京机场为中心300公里高空范围的航班位置信息，响应速度达到秒级，更重要的是，位置信息与气象信息是叠加在一起的，通过分析气象情况，便于控制中心更好地引导航班安全飞行。

在参观国航的飞机维修车间时，我看到了这里巨大的维修机库，里边停放着各个国家的在检飞机，得知这里的维修技术是世界领先的，而国航的飞机会严格地定期接受检修，并保持最佳的飞行机龄。

来到国航飞行总队，这里是国航飞行员的大本营。在这里，我看到了忙碌进出、颜值很高的飞行员，不少机组在开会分析即将执行的飞行任务。据介绍，新中国成立之初，周总理指示："中国民航不飞出去，就打不开局面，一定要飞出去，才能打开局面。"为此，国航积极准备机组和飞机，于 1965 年 6 月驾驶伊尔 18-208 号专机，载着周总理和陈毅副总理出访非洲，全程 14 天、途经 12 个国家、飞行距离逾 4 万公里，结束了中国领导人出访租用外国飞机的历史。

飞行安全，需要把握飞机、天气，更要把握机组。这三个因素缺一不可，前两者是客观因素，而飞行员则是重要的主观因素。从一定意义上说，人的因素是最大的因素。为了让飞行员们保持良好的状态，国航提出了"乐享飞行"的价值观，倡导"激情工作、快乐生活"，营造良好的工作氛围。

国航新闻发言人告诉我，节假日往往是飞行最紧张的时候，为了让飞行员安心、开心飞行，公司会有计划地安排飞行员停下来休息，专门陪陪家人，有时还会把他们的父母接到北京来，去参观模拟驾驶舱、参观展馆和机库，看看孩子们的工作环境。

飞行员刘建洲的父母在山东务农，曾被邀请来北京。他们看了孩子的工作环境后非常高兴，嘱咐孩子：学好基本功，把基础打扎实，报效国家和国航。走的时候，给刘建洲留下一句话：好好工作，安全第一。

国航对多数公众来说，是一家“常用而不知”的企业，是出行时的优先之选。来到这里，我看到了一个“只做不说、只干不赞、时时自省、确保安全”的企业，它们在安全运行上的慎而又慎、精益求精，让它们拥有了技术先进、状态稳定的飞行硬件条件；而它们在企业文化上的以人为本、细上加细，让它们拥有了技术过硬、状态积极的飞行员队伍。

航空企业确保安全飞行，不仅关系企业利益，更关系千家万户和社会安全。这样企业的管理与创新，值得我们研究与点赞！

深圳，自主创新的热土 [1]

去年12月以来，胡锦涛总书记多次谈到自主创新问题。“如何落实胡锦涛总书记讲话精神，探索走出一条中国特色的自主创新之路”？带着这一问题，国家科技部调研室在今年上半年，组织“自主创新经验与政策”调研组三次来到深圳开展调研。调研期间，调研组实地走访了数十家科技型企业，与政府有关部门、行业协会、高校和企业进行了广泛交流。本报记者全程跟踪了调研组的行程，感受到中央政府部门对支持自主创新的深切愿望，感受到调研组在深圳发现一个又一个创新型企业时的兴奋与激情。调研组高度称赞：“深圳企业走出了一条自主创新之路，深圳是一块自主创新的热土、沃土，深圳为建设创新型国家提供了宝贵的经验。”前不久，在调研组离深返京前夕，本报记者专访了调研组负责人胡钰博士。

1　本文刊载于《深圳特区报》2005年6月10日第1版。

深圳特區報

SHENZHEN SPECIAL ZONE DAILY

10 2005年6月 星期五

今日60版 第7936期

深圳报业集团出版

深圳市今日天气预报

专家组高度评价深职院

有望成全国首家示范性高职高专 A8

乘机进出境旅客须填海关申报单

7月1日起施行 A4

中日韩学者合编东亚近现代史书

中文版昨日在京首发，详细叙述日本侵略暴行 A11

李敖爆3·19枪击案"真相"

称手中握有CIA机密资料影印件，陈水扁为骗选票，让吕秀莲挨子弹 A12

科技部"自主创新经验与政策"调研组负责人接受记者采访时称赞

深圳，自主创新的热土

深圳是一个具有很强自主创新能力的城市

深圳企业走出了一条自主创新之路

坚定不移走自主创新之路

——三谈在创新中落实

● 本报评论员

建外来工食堂一路"绿灯"

罗湖区领导昨日现场办公，又有两家大型食堂进入报批程序

赛龙舟 迎端午

紧盯群众关注的焦点

高考录取7月5日开始

成绩本月27日公布，市招考办提醒：准考证须保存备用

本报从飞报道成网上热点

深圳是一个具有很强自主创新能力的城市

记者：您在调研中多次说到深圳是一个具有很强自主创新能力的城市，您到深圳的突出感觉是什么？

胡钰：我们来深圳后的突出感觉是“三个密集”：深圳是一个创新型企业高度密集的区域、创新型人才高度密集的区域、创新成果高度密集的区域。要说单个创新型企业做得好的，在全国任何区域都能找到，但是，像深圳这样创新型企业高度密集的区域还很少见。这种密集不仅仅表现在创新型企业的数量上，更表现在企业开展自主创新的意识与实力上。我在调研中对“四个 90%”记忆深刻：深圳全市 90% 以上研究开发机构设在企业；全市 90% 以上的研究开发人员在企业；全市研究开发经费的 90% 以上来自于企业；全市 90% 以上的专利是由企业申请的。事实上，在通信、医疗设备和电池等高科技行业，深圳已经占据了全国行业技术领域的制高点和大规模的市场份额。我这里说的创新型人才，不是传统意义上拘囿于院校的教授、博导，而是指真正能与市场结合开展技术创新的人才，指那些真正能够把握技术创新方向并组织实施技术创新的企业家。从创新成果上看，大批居于全国行业领先地位的本土科技型企业的崛起就是最宝贵的成果，而且专利申请和授权量都飞速提升，专利申请量已经居全国大中城市第三位。在一个缺乏丰富高校和研究院所资源的城市能取得如此成就，尤其令人惊奇。归结起来，深圳是一块自主创新的热土、沃土，具有比较完整的创新生态，是一个具有很强自主创新能力的城市。在调研期间，我们被强烈的自主创新热情、氛围和成果包围着，觉得很兴奋。深圳的创新实践已经成为我们建设创新型国家的重要组成部分，为建设创新型国家提供了宝贵的经验和坚定的信心。

深圳企业走出了一条自主创新之路

记者：深圳没有传统的科技资源优势，没有大院、大所，高校也极少，为什么自主创新能搞得好呢？你们调研之后找到答案了吗？

胡钰：这正是大家关心的问题。在调研中，我们发现：移民城市敢于冒险、勇于创新的文化氛围，形成了企业家成长的土壤；比较完善的市场经济体制造就了企业快速发展的条件；政府为企业自主创新营造了良好环境，形成了有效的支持企业自主创新的服务体系。

在调研中，我们经常问企业一个问题，你为什么选择来深圳创业？他们的回答比较一致，深圳政府管得少，帮得多，政府真心帮助企业。同时，在深圳开展科技创业，综合成本低、成功率高。在这样的环境中，深圳市民营科技企业和高新技术企业如雨后春笋般地成长，促使深圳走出了一条以市场需求为导向、以企业为主体的自主创新之路。

深圳的自主创新有几个突出的特点：一是民营科技企业成为自主创新的主要力量。截至2004年年底，深圳有高新技术企业近千家，其中60%是民营科技企业；2004年年底，被认定的民营科技企业超过2.5万家；另外，全市超过60%的高新技术项目在民营科技企业。事实上，深圳在自主创新方面做得知名度最高、规模最大的也是民营企业，华为通过自主创新已经走出国门成为世界级的大公司。二是企业开展自主创新的意识很强。前面提到的"四个90%"就是很有力的说明。目前深圳相当一批企业研究开发投入占产品销售收入的比例已达到10%。另外，全市38家工程技术开发中心全部建在企业，21个博士后工作站也都设在企业。三是研发投入大、有效产出高。2004年，深圳的研发经费达125亿元，占GDP比重的3.67%，几乎是全国水平的三倍，达到发达国家的水平，这一指标很不容易。2004年全市专利申请量为14918

件，比上年增长20.6%；专利授权量7737件，比上年增长56.7%。而且，这些专利绝大多数是企业申请的。企业申请专利是为了覆盖产品的知识产权，是为了使用而申请，不是为了一个专利而专利。

记者：那你们认为为什么会出现这样的数字和成果？

胡钰：在调研中，企业说，我们没有很强的资源优势，也没有其他的独特优势，只有强烈的市场竞争意识和生存意识。调研所到的企业都说，我们开展自主创新不是靠先天的使命感，首先只是想活下去，而为了生存，我们必须去研发、去创新。我们在痛苦的研发中尝到甜头，企业迅速做大，然后，我们再研发、再创新。调研中我逐渐理解到，这种创新不是传统的学术导向的技术创新，而是市场导向的，是为提升企业竞争力服务的。在激烈的市场竞争中，适者生存，只有具备创新能力的“适者”才能生存。企业创新能力不断提升，企业才能越战越强、越做越大。这就像人一样，只有在艰苦的环境中磨炼，人的能力才能不断提升，总在安逸中生活，许多功能就退化了。

正是在这样的市场环境中，经过十多年的摔打，深圳造就了一批企业家。这批企业家成为技术创新中最核心、最宝贵的资源。他们带领企业在市场上拼搏，根据市场需求，去开拓、研发新技术，促使企业迅速成长，走出了一条企业技术创新之路。去年，中央电视台十大年度经济人物评选中，深圳有4位企业家入选，其中3位是高科技企业家。你不看不知道，看后真是令人兴奋，像迈瑞这样的企业，我们真想不到中国企业在医疗设备方面会做得那么好。

深圳的实践再次告诉人们，技术创新不能离开市场。技术创新是根据市场的需求提出创新方向，然后将创新设想变成产品推向市场，产品经市场检验后再进行修改完善，之后再根据市场需求提出新的创新方向，以此循环往复。因此，在技术创新的过程中，企业是主体，客户是导向，市场是机制，政府是环境，院校是支撑。这应该成为一个完整的创新体系。

记者：你们认为这就是自主创新的体系？

胡钰：在今年召开的全国科技工作会议上，科技部部长徐冠华指出："建设中国特色的国家创新体系，关键是要围绕提高自主创新能力，加快建立以企业为主体、产学研紧密结合的技术创新体系。"这就是我们要奋斗的目标。在工作过程中，我们也有苦恼，因为中国传统的创新活动是以大专院校和科研院所为主体的，大量的科技资源也集中在大专院校和科研院所，因此大家对如何使企业成为技术创新主体既缺乏经验，更缺乏信心。而这次调研我们非常庆幸发现了深圳这个典型，因为深圳企业已经走出了一条自主创新之路。

构建完整的创新生态

记者： 您刚才提到了一个“创新生态”的概念，我对此很感兴趣，它的内涵是什么？

胡钰： 对这个概念的内涵还没有定论，我也是在调研中结合深圳的实践逐步形成了一些粗浅的认识。我设想应该是：通过创新政策、创新链、创新人才、创新文化，构建一个完整的创新生态；通过这个完整的创新生态，最大限度地集聚国内外优质研发资源，形成持续创新的能力和成果，建设一个具有示范意义的自主创新区域。其实，深圳企业创新的成效正是得益于深圳正在形成的有效的区域创新体系。调研中，我们看到2004年1月市委、市政府颁布的1号文件《关于完善区域创新体系，推动高新技术产业持续快速发展的决定》，其中提出要加快完善“以市场为导向，产业化为目的，企业为主体，人才为核心，公共研发体系为平台，辐射周边、拓展海内外，官、产、学、研、资、介相结合的区域创新体系。”我想，这种体系正是一个创新型城市所需要的。

记者：什么是“创新链”？深圳的“创新链”如何？

胡钰：技术创新活动应该是一根完整的链条，具体包括：孵化器、公共研发平台、风险投资、围绕创新形成的产业链、产权交易、市场中介、法律服务、物流平台等。

深圳的孵化器很成功，调研中相当一些企业都谈到起步时孵化器和种子资金的作用，而公共研发平台，比如IC研发基地，也搭建得比较好，产权交易所也办得很有起色，在全国产权交易所多数亏损的情况下，深圳产权交易所却是盈利的。深圳的物流业发展为企业创新起到了积极的推动作用，中介组织的发展也正在逐步纳入轨道。

深圳围绕创新的产业链构建颇有成绩，尤其是IT产业和生物产业,基本已经形成了较完整的产业链。多年来，市政府一直在抓产业链、拉长产业链，在搞完整、搞扎实产业链上下功夫，产业链上哪一个环节有缺失，就不惜代价将它引到深圳来。这样，既方便了企业，又使得企业之间谁也离不开谁，巩固了企业在深圳的创新发展。

记者：构建完整创新生态的关键是什么？

胡钰：关键是支持自主创新的政策环境，当前，重点应该在科技政策和经济政策的协调一致。技术创新主体是企业，技术创新活动是源于市场、归于市场的活动。

这种创新主体和活动过程，既要求一个支持自主创新的科技政策，又要求一个支持自主创新的经济政策。当然，中国作为一个区域广大、发展不平衡的后发国家，要想一蹴而就地形成完整的支持自主创新的政策体系还很难，也正因为如此，深圳在这方面可以做些工作。

在调研中，许多企业都提出了几乎相同的政策需求。在税收政策上，包括华为在内的许多企业反映，现有增值税对高科技企业发展非常不利，比如研发人员工资允许在税前抵扣的金额，外资企业是全额列支，内资企业只有960元才能列支，等等。在消费政策上，有企业反映国家给医院定价时，使用进口设备要比国产设备定价高，这致使医院购买进口设备的动力更强，这种政策不利于本国医疗设备企业自主创新。在政府采购政策上，企业普遍认为，对采购本土企业自主研发产品的导向还不明确。在专利政策上，一方面，希望政府最大限度地保护本国企业的知识产权；另一方面，希望政府加大反垄断力度，防止跨国公司利用技术优势恶性打击本国企业。

类似这样的政策需求可能很多，如果靠中央部委从全国层面来梳理和调整这些政策可能时间很长，但深圳能否利用“改革开放试验田”的功能，在自主创新政策方面先行、先试，率先解决科技政策与经济政策的协调问题。正如温家宝总理要求的："继续发扬敢为天下先的精神，锐意进取，在改革的重点、难点上率先突破，为全国的改革探索路子，积累经验。"总体来看，深圳可以从政策环境上加大力度构建完整的创新生态，这对于推动全国的自主创新工作具有积极的示范意义。

深圳的创新实践具有重大意义

记者：您给深圳这么高的评价，我们备受鼓舞。请问，深圳的创新实践有何意义？

胡钰：深圳的改革创新实践是有着特殊意义的。在新的历史时期，在建立创新型国家的进程中，深圳的创新实践有三点意义，其一，给全国以经验；其二，给国人以信心；其三，给深圳发展以新定位。

当前，"提高自主创新能力"作为"推进结构调整和提高国家竞争力的中心环节"已经摆在"全部科技工作的突出位置"，已经成为落实科学发展观、实现全面小康的重要举措。为此，科技部调研室最近组织了一系列围绕自主创新的调研组分赴全国，就是希望通过调研了解经验，提炼政策。深圳的创新实践是很突出的，部领导和调研室领导都对深圳的调研很重视，而事实上，深圳的创新实践的确给了我们许多启示，对我们制订全国范围的科技创新政策很有帮助。

深圳的创新实践还有一个重要意义：在于给国人以自主创新的信心。许多国人认为中国是一个发展中国家，自主创新能力肯定不行，因此，一看到中国与外国企业发生知识产权纠纷，许多媒体一边倒地倾向外国企业。比如像华为与思科的案子，起初，很多媒体都说一句话，这回华为完了，华为不偷人家的技术，不仿制人家的行吗？这说明对自己的企业没信心。但是，你看过深圳的企业后，就有足够的信心相信中国的企业完全能够通过自主创新，创造出优秀的产品，立足于世界先进企业之林。这个信心的意义不亚于实践中的经验。其实，中国搞“两弹一星”和“载人航天”，信心都是第一位的要素！

探索走出一条具有中国特色的科技创新路子，积极建设创新型城市，也可以给深圳在新时期进一步明确新定位。当前，落实科学发展观已经成为统领中国经济社会发展全局的大政方针，经济发展与资源环境的矛盾十分尖锐，转变经济发展模式刻不容缓，在这样的背景下，深圳建设创新型城市具有重大意义。过去的 25 年，深圳作为经济特区为中国的改革开放、建立完善的市场经济发挥了历史性作用；而在下一步的发展中，深圳依然可以为全国蹚出一条依靠自主创新实现经济持续健康快速增长的路子。这依然是一个历史性的责任，也会发挥历史性作用！

记者：我们听了也很兴奋。这段时间跟随调研组进行调研的过程，我们就已经感受到了时时涌动的创新激情，科技部调研组的这些调研和认识是“跳出深圳看深圳”，相信对深圳今后的发展是极大的推动。

胡钰：是的。这几次调研下来，我感觉，深圳现在赶上了一个非常好的历史机遇。中央高度重视自主创新，深圳市领导也有强烈的创新意识，强调改革创新是深圳的根、深圳的魂，深圳人民也非常勇于、善于创新，这上下、内外一会合、一呼应，很可能就会奏出创新的时代最强音。衷心祝愿深圳的自主创新之路越走越宽阔！

第三部分

不可忘却的美丽

龙年寻“龙”

2024农历龙年正月初六，我与我指导的清华研究生一道访陕西楼观台，寻觅“龙”迹。

《史记·老子韩非列传》中记载，孔子问礼于老子，在听了孔子叙述后，老子不留情面地批评了孔子。有趣的是，孔子离开后并没有生气，而是给学生谈了他对老子的感受：“鸟，吾知其能飞；鱼，吾知其能游；兽，吾知其能走。走者可以为罔，游者可以为纶，飞者可以为矰。至于龙吾不能知，其乘风云而上天。吾今日见老子，其犹龙邪！”

对于这一被孔夫子尊称为“龙”的中华民族伟大先哲，在龙年里认真拜谒研读无疑是有特殊意义的，而位于终南山北麓的楼观台无疑是“龙”迹旺盛之地。

中华大地名山好景甚多，楼观台享有“天下第一福地”与“洞天之冠”的美誉，究其原因，确实应了“山不在高有仙则名”的规律，整个区域的核心地是说经台，所在地海拔不过500多米，但得益于两位“仙人”而成

說經臺

就大名。一是西周时期函谷关令尹喜，此人虽为官但有深厚的学术素养与强烈的真理追求，在此地筑楼观天象，直到见紫气东来知将有真人经过；再一是老子李耳西游到函谷关，被尹喜迎到此地，写下了《道德经》五千言，并在此筑台讲经。由此，楼观台的人与人文在中华文明中具有了不可替代的位置，一位道学先哲，一部思想经典，成就了一座高台。

楼观台之高不是地理之高，而是人文之高。自老子在此写经讲经之后，此地就成为了道家圣地。唐代开国帝王唐高祖率百官前来拜谒，改楼观台为“宗圣观”，之后唐玄宗再次扩建，使其成为当时规模最大的皇家道观。此后这里就成了人气很旺的祈福之地、修行之地。其实，在龙年伊始来这里拜谒，既是为了祈福，希望新的一年吉祥顺利，也是为了修行，希望从先哲的场域中获得跨越时空的指引与激发。

参访的当天是一个明朗的冬日，蓝天如洗，阳光灿烂，拾级而上深呼吸，清新之气沁心肺，抬眼而望静观赏，清秀之竹扑面来。我和学生当时都不禁赞叹，“真是一个清净之地！”也都不禁加快了步伐，似乎身上注入了许多新的能量。德国哲学家马克斯·韦伯在评论儒家与道家时认为，儒家更多地注意“正”与“不正”的对比，道家更多地注意“净”与“不净”的对比。此时,天是净的,竹是净的,路是净的,道家之“净”的气质无形而有力地释放出来,包裹与滋养着参观者。

说经台的山门外,最显眼的是一块石碑,上边刻着元代大书法家赵孟頫书写的“上善池”三个大字,显然取自《道德经》中的“上善如水”。石碑置于一个六角亭中,碑与亭浑然一体,经典思想与名家真迹浑然一体,令人驻足,长久凝视,反复思索。老子的思想是抽象的,但在表述时却是十分具体的,喜欢以各种现实中的实物来比喻,这其中以“水”比喻最高的善是最具生动性的,直

观而深刻。想想也是，人可以不天天吃饭，但要天天喝水，生病时更要以水解救，水对人的生命是至关重要的，这无疑是上善。更难得的是，老子居然通过仔细观察，发现水的存在之道与人的存在之道有相似之处，因而提出：居住要像水一样朴实，心灵要像水一样深沉，交友要像水一样亲近，说话要像水一样真诚，为政要像水一样条理，办事要像水一样能干，行为要像水一样合时。最重要的，要像水一样，不去与人与物与时争。

其实，中国古典文献中的许多文字极简洁却极耐人寻味，字少而浅，意丰而深，这是思想通达的表现，从传播的角度看也更便于流传。文章不要求长，文字不要求涩，确是为文者应谨记的要诀。站在石碑前，想到“官居一品，名满天下”的赵孟頫深通道家思想，曾全文抄录《道德经》5000字，而在老子说经台专门书写这3个字，就这一书写行为，也是耐人寻味的。

说经台院门有一副对联：“道显终南因文而始肇，德彰楼观缘法能融通。”这副联清晰地表达了此地的人文底蕴，山中有道，楼上有德，道德一体，文法因缘。

院内的楼台高地庭院现已辟为老子祠，专门供后人纪念这位伟大人物。庭院门口的“老子祠”牌匾上3个字竖向排列，由赵朴初先生书写，门内匾上横书“洞天福地”4

个字，两块牌匾从形式到内容都相应相称，让参访者迈入前，不禁生出许多恭敬心与好奇心，敬的是这位祠主，奇的是这里的灵气。

庭院正中的大殿是供奉老子的殿堂。大殿左上方匾额书“其犹龙乎”，看到后，我对学生说：“看看，这里就是今天要访的‘龙’迹所在了！”伫立在殿前，遥想5000余年前老子在此著书讲学，感慨青山有幸闻哲音，也庆幸自己能成为这一深厚文化传统中的一分子。

从传播力、影响力来看，中国古书中注释最多的有两部，一部是《易经》，一部是《道德经》，两者的注释版本都是数以千计。更有趣的是，据联合国教科文组织统计，被译成外国文字发行量最多的世界文化名著，除了《圣经》以外就是《道德经》。我在国外访问时，经常可以在不同国家的书店看到以各种文字翻译、由不同作者解读出版的《道德经》。由此来看，老子与道家思想的国际影响是广泛的。更值得欣喜的是，借助新的媒介形态与文化体裁，道文化得到更好的国际传播。根据《2023中国网络文学发展研究报告》显示，在中国网络文学海外平台上，道文化成为被提及最多的中国元素之一。借助阅读中国网络文学，道文化在世界更加广泛地传播，尤其为更多世界青年所了解。

在任继愈先生看来，“老子哲学思想比孔子、孟子都丰富，对后来的哲学流派影响也深远。”“说老子开创了中国哲学本体论的先河，并不过分。”其实，在中华文明五千年的历程中，老子五千言有如此至高地位，从其内核上看，自然之求与辩证之思成为主要的组成，从其传播上看，开放性思想与多样性解读成为主要的动力。任继愈先生认为《道德经》“是一部空前的哲学著作”，他本人从20世纪50年代到21世纪初，就先后写过4个译本——《老子今译》《老子新译》《老子全译》《老子绎读》，由“译”到“绎”，取之不尽，可见老子思想的原创性、深刻性，或可说是中华思想文化中的“第一性原理”。

徘徊在老子祠庭院内，注意到两个配殿，一个是四圣殿，供奉着老子的四大弟子：庄子、列子、文子、庚桑子，庄子著有《南华真经》,列子著有《冲虚真经》,文子著有《通玄真经》,庚桑子著有《洞灵真经》,这里也被称为四子堂。其实，包括老子思想、孔子思想、释迦思想在内的任何学说的广泛传播，都离不开师徒传承，开枝散叶。在数千年中华文明群星璀璨的杰出人物中，许多人物都有自己的代表作，都因自己的思想贡献而为后世记住。对于当代人来说，要记住这些人物，更要记住这些人物的书。

另一个配殿是太白殿，殿内供奉着太白金星，左侧奉孔子，右侧奉关羽。在中国人心目中，太白金星可算是道教体系中仅次于太上老君的广为人知的神仙了，形象慈眉善目，堪称老人家最佳人设，传说李白的出生就是他的母亲梦见太白金星落入怀中而生，因此取名李白、字太白。据殿外的文字介绍说，孔子为文财神，关羽为武财神，他们都讲信誉、重情义，故为后人崇拜供奉。如此搭配也是非常有趣，耐人寻味，不过想想中华传统中的代表人物，孔子代表至高之“文”，关公代表至高之“武”，却也在数千年历史上有其深厚的民间信仰基础。

在老子祠内随处可见参天古树，动辄三五百年，还有的逾千年。人常说，古树有灵。看到这些古树，不仅让人感慨自然之恒久与伟力，与树相比，与石相比，人的生命都是极其有限的，但唯有人的思想能跨越数千年，带给这些树、这些石以人文的气质，被一代又一代人瞻视。

一整天的参访下来，沐浴在先哲的思想光辉中，沉浸在“龙”迹的山峦树林中，我和学生都觉得神清气爽，其实，中国人有了老子，真的是很幸福的，许多思想日用而不知，伟大先哲须臾不会离。常常回到老子身边，可以找到清净，也可以找到活力。下山时，我们的步伐更加轻快。我们相约，新的一年里，要更好地读书，更好地运动，更好地创造。

以孔子的精神面对世界的挑战[1]

又到了一年一度的孔子诞辰日，我们聚在一起，纪念先圣，研讨中华文化传承，很有意义。

英国学者李约瑟博士在1964年访问西安孔庙后，曾写了一首长诗，表达对孔子精神、儒家思想、中华文化的情感与期待，诗中写道："国际风云险恶，危机日盛——人们不知道控制自己的力量。我希望，我希望，我的中国朋友们，要保持孔夫子对人的信念，正义的信念。一切为了公平和正直，一切为了仁爱和学问；我祈求，我相信，人们会埋葬弹药，不再挑起战争。"

时过近60年，再看这首诗中的呼吁，尤其面对当代世界此起彼伏、日益强烈的分化与对抗，会觉得依然那么切中时弊。由此，不但对这位西方学者的超越西方中心主义的世界情怀由衷钦佩，而且更会被孔夫子朴素、真诚且深刻的人间情怀所吸引，庆幸作为中华文化一员拥

1　本文根据作者在2022年孔子2573年诞辰日暨第三届两岸共同传承中华文化研讨会上的发言整理而成。

有如此伟大的先圣指引。

孔子的精神实质是以人为本的人文精神。杨伯峻对《论语》的用词进行了研究，发现其中出现“人”的次数达到 162 次，其中 114 次的用法是一般意义上的使用，比如“其为人也孝弟”，凸显了孔子对“人”的关注。在《论语》中记载了一个经典片段，孔子家里的马棚着火，孔子下朝后问：“伤人乎？”不问马。这种“重人轻物”的精神是孔子人文精神的鲜活体现。事实上，以孔子精神为主线的中华文化中对人的关注是一以贯之的，是全方位的，既关注人的身心本体，也关注人的社会存在，这

种人文关怀成为稳定的文化框架，支撑中华人文精神的建立与实现。

钱穆在《人生十论》中认为：“中国文化，最简切扼要言之，乃以教人做一好人，即做天地间一完人，为其文化之基本精神者。此所谓好人之好，即孟子之所谓善，中庸之所谓中庸，亦即孔子之所谓仁。而此种精神，今人则称之曰道德精神。换言之,即是一种伦理精神。”其实，这种从“做好人”入手的中华文化精神的根本就是人文精神。正如《大学》上讲，“自天子以至于庶人，壹是皆以修身为本。”修小我，为大我，大小我，合为一。中华人文精神的基本特征是：以人为本的世界观，以德为本的人生观，以和为本的价值观。

进入 21 世纪的当今世界，尽管没有世界范围的传统战争，但各种局部战争频仍，非军事性的“经济战”“文化战”“舆论战”“心理战”等更是愈演愈烈。全球问题此起彼伏，世界的挑战引发不安。在一个保护主义、单边主义、物质主义盛行的时代里，在国与国之间的冲突愈发凸显、价值观与价值观之间的对立愈发刚性的时代里，人类社会依然在期待一个充满人文气息、人文关怀的世界，而以孔子精神为代表的中华人文精神将成为人类新文明建设的重要力量和坚实基石。

面对世界的挑战，我们还要发扬的是孔子“知其不可为而为之”的奋斗精神。如果说孔子的人文精神是其追求的理想，奋斗精神则是其追求的方式。孔子虽不被重用而被迫“周游”各国十余年甚至如“丧家之犬”，却坚持自己的理想信念不动摇，在思考、游说、育人中努力推动建设一个大同世界。

面对不断出现的人类问题，世界文化发展出现两个显著趋势：一是“向后看”，各种文化都在各自传统中找寻归属感，也找寻当代发展的资源；另一是“向东看”，许多有识之士关注东方文化特别是中华文化，认为充满人本思想、人文精神的中华文化对解决当代世界的冲突与不安具有积极价值。特别是当中国经济社会发展取得愈发瞩目的世界性成就时，许多国际人士提出观察中国发展必须具有文化视角，换言之，解释中国道路要从中华文化中找寻依据。而在这一背景下,认真纪念孔夫子的诞辰，持续发掘孔子精神的魅力，无疑具有极其重要的时代意义与世界意义。

2008 年，我在美国加州的一所大学做访问学者，记得 9 月底的一天去参观一家博物馆，当管理员看了我的大学证件后说不用买票，问原因，答曰当天是孔子诞辰日，所有教师都免费。当时给我的震撼是巨大的，至今十余年过去依然清晰，未曾想，在去国万里之外竟得益于千年前先圣的福泽。我想，作为中华文化的一员，永远记住夫子的教导，感受夫子的温暖，一定会让人生更加丰盈。

作此发言，以表纪念！

望道的勇气

中国的乡村小屋千千万，绝大多数小屋只有实用功能，而个别小屋却因为屋中的人与事有了历史文化价值。浙江义乌分水塘村的一间小屋就属于后者。1920 年 4 月，陈望道在自家的这间小屋，准确说是柴屋里，完成了《共产党宣言》第一个中文全译本的翻译工作。

都说观念是行为的先导，有什么样的观念，就有什么样的行为，那么，100 年前，正是因为在中国大地上有了共产主义的信念，才有了中国共产党的成立。而出自义乌小村中的这本书，无疑在中国传播共产主义信念的过程中发挥了开创性作用。1920 年 8 月，这本书首印 1000 册正式出版，旋即销售一空，9 月再次加印，到 1926 年 5 月已经印了 17 版。以当时的政治环境与社会文化水平，可以想见这本书在引领当时中国新思潮中发挥的重大影响力。

在这本书出版 16 年后的 1936 年，毛泽东在延安对前来采访他的美国记者埃德加·斯诺说："有三本书特别深地铭刻在我的心中，建立起我对马克思主义的信仰。这三本书是：《共产党宣言》，陈望道译，这是用中文出版的第一本马克思主义的书……”毛泽东是中国共产党和中华人民共和国的主要缔造者，而这本书在伟人思想的形成过程中，显然发挥了极其重要的、不可替代的作用。

思想就是力量，这本书的影响是广泛而深刻的。刘少奇后来回忆说：“从这本书中，我了解了共产党是干什么的，是怎样的一个党，我准不准备献身于这个党所从事的事业，经过一段时间的深思熟虑，最后决定参加共产党，同时也准备献身于党的事业。”周恩来在 1949 年召开的全国第一届文代会上，当着代表们的面对陈望道说：“望道先生，我们都是您教育出来的。”朱德回忆说：“我 1922 年 11 月在德国由周恩来介绍加入中国共产党后，正是在柏林支部学习了陈望道译的《共产党宣言》后才走上革命旅程的。”邓小平是在法国读到这本书的，他曾说：“我的入门老师是《共产党宣言》和《共产主义 ABC》。”

2021 年 4 月，我和我指导的清华研究生们走进了这间小柴屋。屋内复原了 101 年前的翻译场景：陈望道找了两条长凳加一块木板当桌子，自己坐在小板凳上，左手拿着粽子，右手拿着毛笔，低头凝思。桌上摆着日文版和英文版的《共产党宣言》，还有纸张、墨汁、粽子与红糖。

场景很生动，人物很逼真，可以让参观者沉浸在当年的氛围中。

当天是阴雨天，站在屋内，早春的阴冷之气袭人，想到当年这位青年人在这里夜以继日地思索与写作，确实不易。讲解员特别讲了翻译过程中“墨汁与红糖”的故事，大意是陈望道的母亲看儿子译书辛苦，做了粽子和红糖给他吃，之后在屋外问是不是要加糖，陈望道说“够甜，够甜了！”等到母亲去收拾碗碟时，发现红糖未动而陈望道嘴上满是墨汁，原来他把墨汁当作红糖蘸着粽子吃了，

但因为译书太投入而浑然不觉。看着眼前的场景，听着鲜活的故事，不觉令人心生敬意，所谓“真理的味道是甜的”，所谓“不痴迷不成佛”，所谓“自古英雄出少年”，在此小柴屋内俱可见到。

讲解员很年轻，很有活力，讲解时充满激情，也充满对陈望道的钦佩之情，经常说的一句话是“他真的很了不起！”的确，当年仅仅29岁的陈望道以自己的勇气与才华做了一件对后来中国发展具有深远意义的事情。有趣的是，《共产党宣言》1848年问世时，两个作者马克思30岁、恩格斯28岁，平均年龄也是29岁。

《共产党宣言》的翻译是不易的，需要极强的语言能力与理论功力。早在陈望道翻译前的20年里，在中国就有许许多多的节译与介绍，许多清末民初的风云人物都对此书感兴趣，但苦于没有一本完整的译本。当年上海《星期评论》主编戴季陶找到《民国日报》主编邵力子推荐人选来翻译此书，邵推荐了陈望道。戴为此次翻译提供了日文版和李大钊借来的英文版。

当然，陈望道也不是一个单纯的译员，他的中外语言能力与对先进理论的追求都非同一般。陈望道早年留学日本，在此期间就认识了一些早期社会主义者，读过一些马克思主义的学说，而且精通日文，懂英文，汉语功底又很好。现在看，邵力子真的是慧眼识才，成就了这一青年才俊的不世之功。

陈望道是有勇气的。1919年夏天，在五四运动的感召下，陈望道结束四年在日本的留学生活，回到了家乡浙江，任教于浙江第一师范学校，担任国文科教员。这所学校很有底蕴，李叔同、叶圣陶、朱自清等都先后在此执教。陈望道在校期间，与刘大白、夏丏尊、李次九等四位国文教员一道推动国文教学改革，一律改用白话，传授注音字母,选用鲁迅的《狂人日记》等白话文作教材。这四人也被称为当年学校里的“四大金刚”。陈望道在学校里对学生们的进步运动给予不遗余力的支持，鼓励学生们办新思潮刊物，撰写新思潮文章，直至因为对学生们的支持遭到反动当局非议乃至军警开进学校而被迫离开。

陈望道是有勇气的。在接到邵力子来信约请他翻译《共产党宣言》后，就回到了自己家乡分水塘村集中精力开始做。要知道，这本书的文字量不大，但因其涉及的国际政治、经济、历史等知识，翻译是需要相当水平的，并且因其对资产阶级的严厉批判，翻译是需要相当胆量的。恩格斯在《共产党宣言》的1888年英文版序言中历数了该书的法文、英文、俄文、丹麦文、西班牙文等翻译版本，但也对一些翻译表示了不满：“在美国又至少出现过两种多少有些损害原意的英文译本，其中一种还在英国重版过。”文中恩格斯还提到一个有意思的现象：“亚美尼亚文译本原应于几个月前在君士坦丁堡印出，但是没有问世，有人告诉我，这是因为出版人害怕在书上标明马克思的姓名，而译者又拒绝把《宣言》当作自己的作品。”换言之，翻译《共产党宣言》，在一定程度上说，只能是“勇敢者的游戏”。当年，在白色恐怖下，陈望道也曾先后以佛突、晓风、仁子等笔名来作译者署名。

翻开陈望道翻译的《共产党宣言》，第一句是：“有一个怪物，在欧洲徘徊着，这怪物就是共产主义。”对比现在通行版的翻译，“一个幽灵，共产主义的幽灵，在欧洲游荡。”最后一句是，“万国劳动者团结起来呵！”并且加上了英文原文 Workingmen of all countries unite！现在通行版的翻译是“全世界无产者，联合起来！”。陈望道在翻译过程中非常严谨，也很有读者意识，对一些核心概念都配了英文原文，有的还加了解释，比如在第一章“有产者及无产者”题目下即加了注释：“有产者就是有财产的人，资本家财主，原文 Bourgeois，无产者就是没有财产的劳动家，原文 Proletarians。”在纪念馆里翻看这两个版本的翻译，我问同学们有何感觉，回答说陈版似乎更加口语化。这或许与作者一直提倡白话文、大众语有关。

这本书出版后，鲁迅看到称赞说："现在大家都在议论什么'过激主义'来了，但就是没有什么人把这个'主义'真正介绍到国内来，其实这倒是当前最紧要的工作，望道在杭州大闹了一阵之后，这次埋头苦干，把这本书译出来，对中国做了一件好事。"鲁迅的这一评价极其中肯，充分表明翻译全本《共产党宣言》的艰苦、紧要与意义。的确，在北伐战争期间，《共产党宣言》大量印刷随军分发，几乎达到人手一册，充分印证了马克思所说的"理论一经掌握群众，也会变成物质力量"的论断。

在此书出版后不久，1920 年 8 月，马克思主义研究会在《新青年》编辑部正式成立。这是中国第一个共产主义小组，组长为陈独秀，成员包括李达、陈望道等八人。该小组实际上担负起了成立中国共产党的发起组乃至筹备组的任务。陈望道在此期间，一方面，参与和主持把《新青年》改组为共产主义小组的机关刊；另一方面，持续翻译马克思主义著作。1920 年 6 月，《民国日报》副刊《觉悟》上连载日本学者河上肇的《马克斯底唯物史观》，在开篇语中，陈望道说："河上肇是日本研究马克斯的大家，今年四月，著了一本《近世经济思想史论》。亚当·斯密以来的经济思想，被他说得非常明晰。不到一月，重版三次。原书共分三讲。现在我把他底第三讲里第二段译出，登在这里，作《觉悟》的青年底参考。”如此短的时间里即将原著译出，可见陈望道在传播马克思主义方面的工作激情与效率。在1921年元旦当天的《新青年》上，他又刊登了自己译出的日本学者山川均的《劳农俄国底劳动联合》。

陈望道是有勇气的。对于真理的判别，一旦认定，就不为纷繁思潮、物质利益、个人恩怨所动，陈望道后来说：“对一切‘五四’以后以‘新’为名的新什么新什么的刊物或主张，不久就有了更高的判别的准绳，也有了更精的辨别，不再浑称为新、浑称为旧了。这更高的判别的准绳，便是马克思主义。有了马克思主义，便有了正确的立场、观点和方法……”而陈望道自己也在建党早期参加了上海的地方党组织工作，并充分发挥了他的大众语能力，向群众宣传共产主义思想。在1922年1月写给工农群众的贺年卡片上，陈望道写了一首《太平歌》：“天下要太平，劳工须团结。万恶财主铜钱多，都是劳工汗和血。谁也晓得：为富不仁是盗贼。谁也晓得：推翻财主天下悦。谁也晓得：不做工的不该吃。有工大家做，有饭大家吃，这才是共产社会太平国。”其理论之深、文字之白，堪称典范。

陈望道是有勇气的。纵观他一生的学术与职业生涯，开创性的贡献比比皆是。1927年出版《美学概论》，被誉为最早对马克思主义美学进行探索的著作；1932 年出版《修辞学发凡》，被誉为中国现代修辞学的奠基之作；1942 年，陈望道担任复旦大学新闻系主任，提出“好学力行”的系铭，提出写评论要“有胆有识”，1945 年通过募捐首次在大学里建造“新闻馆”，作为新闻教学实践基地，于右任在其生日之际赠送手书“记者之师”；1952 年起担任复旦大学校长直至 1977 年，对于建设新复旦居功至伟，他提出“要对文化有所创造，不能把别人的东西翻来覆去地讲”的要求,凸显了强烈的创新精神；1961 年担任《辞海》主编，主持修订工作，提出“给人以全面又正确的知识”，以“定人、定时、定任务”的方式开展工作，并被公推题写书名,在此重大文化工程中被称为“继往开来，承前启后，建树尤多”。

故居是小的，但故居主人的人生丰厚，故居纪念馆的内容生动。徜徉其间，对望道其人、真理其力、中国其路都有了许多体会。走出纪念馆时,几位研究生落在了后边。正在诧异时，同学们出来，才发现，每人买了一本陈望道翻译的《共产党宣言》，并盖上了纪念馆的印章，而且，还要求我在书的扉页上给每人题写寄语。看来，100 年前的“90 后”赢得了今天的“90 后”发自内心的喜爱。

想到马克思对摆脱资本奴役、实现人的自由解放的追求，想到陈望道翻译《共产党宣言》中那句著名的论断："我们要废去阶级对抗和阶级所组成的旧式资本家社会，换上各个人都能够自由发达，全体才能够自由发达的协同社会。"我在寄语中祝愿同学们认真读此书，创造出清丽人生与奇妙人生！

冷的寺与热的书

2021年初始，我和我指导的清华博士后参加一个西南联大文旅课题研讨，走进了坐落于昆明市宜良县西山的岩泉寺。正所谓“山不在高，有仙则名”，众多青山绿水古刹中此处得以更具雅名深蕴，源于抗战时期西南联大教授钱穆先生在此居住近一年，写作完成史学名著《国史大纲》一书。为了纪念这一学者与这一书，当地政府在此专门修建了“钱穆著书纪念馆”。

走进山中寺里，初看到此纪念馆的名称，甚觉新奇，因一人而修的纪念馆多，但因一人一年一书而修的纪念馆却少见。难得修建者用心，邀请到了钱穆当年西南联大的学生、已经98岁的著名翻译家许渊冲先生题写了馆名，让此馆更具历史感与文化味。站在寂静的寺中，睹馆思人，让80多年前那段岁月重新回到眼前。

1938年暑期，受西南联大同事陈梦家恳促，钱穆决定为抗战期间的全国大学青年写一本中国通史教科书，适逢西南联大文学院要从蒙自迁回昆明，尽管许多人为

从小城市回到大城市而欢欣，而钱穆听到消息却很懊丧，在他看来，“昆明交接频繁，何得闲暇落笔。”为此，他选中了距昆明不远的宜良岩泉寺，既可兼顾授课，又可有时间安静著书。

初到岩泉寺，汤用彤、贺麟陪同钱穆一道前来，山中清幽，屋中简单，夜里三人一起打地铺睡，汤、贺两人说：“此楼真静僻，游人所不到。明晨我两人即去，君一人独居，能耐此寂寞否？”钱穆回答说：“居此正好一心写吾书。寂寞不耐亦得耐。窃愿尽一年，此书写成，无他虑矣。”

在此写作期间，钱穆周末去昆明上课，其余时间尽在岩泉寺中，除早晚出去散步外，整天都在屋中写作。平日里，钱穆也与其他人很少说话，后来他曾回忆，“乃有每星期四日半不发一言之机会，此亦一生中所未有。”寺中之清冷，可见一斑。

寒假时，陈寅恪曾来岩泉寺看望钱穆并住了一夜，感慨地说：“如此寂静之境，诚所难遇，兄在此写作真大佳事。然使我一人住此，非得神经病不可。”寺中之清冷，可见一斑。

在纪念馆中读到许多记述当年著书活动的文字，极其生动，场景犹在眼前，有时会心而笑，有时又沉浸无语。走出纪念馆，沿着寺中石阶，登山而行，满目青翠，早晨的阳光透过茂密的树缝洒在地上，斑驳点点。寺中除了我们一行，没有其他参观者，静谧之极。或许是太静了，或许是温度低，我不自觉地把羽绒服扣得紧紧的。寺中之清冷，可见一斑。

踱步寺中，我能想象当年钱先生一人在此踱步的场景。我更想到，当年钱穆先生在这种清冷的环境中是靠什么东西取暖，靠什么信念支撑，仅用一年就完成这部通史巨著的呢？

《国史大纲》一书于1940年由商务印书馆正式出版，成为“部定大学用书”，即大学通用历史教科书，成为抗战期间教育中国青年的重要读本，成为凝聚中华民族意识的重要历史著作，至今80余年里不断重印，影响了一代代国人。

读这本书，首先很特殊的一点，是扉页中列出的“凡读本书请先具下列诸信念”，鲜明地表达了作者的态度，如此强烈，如此“强制”，很是少见。

信念之一：“当信任何一国之国民，尤其是自称知识在水平线以上之国民，对其本国已往历史应该略有所知。否则最多只算一有知识的人，不能算一有知识的国民。”此一信念，告知读者，必知国史，方为国民，而且，即便知道其他知识再多，只是“有知识的人”，而不是“有知

识的国民”。对国史认知与国民身份认同的线性关系，斩钉截铁，不容置疑。

信念之二：“所谓对其本国已往历史略有所知者，尤必附随一种对其本国已往历史之温情与敬意。否则只算知道了一些外国史，不得云对本国史有知识。”此一信念，告知读者，对本国史要带着感情读，带着“温情与敬意”读，如此区别阅读本国史与外国史的态度，令人读之动容。

信念之三："所谓对其本国已往历史有一种温情与敬意者，至少不会对其本国历史抱一种偏激的虚无主义，即视本国已往历史为无一点有价值，亦无一处足以使彼满意。亦至少不会感到现在我们是站在已往历史最高之顶点，此乃一种浅薄狂妄的进化观。而将我们当身种种罪恶与弱点，一切诿卸于古人，此乃一种似是而非之文化自谴。"此一信念，告知读者，读本国史要有尊重的态度与科学的方法，避免历史虚无主义，避免浅薄的进化论。

信念之四："当信每一国家必待其国民备具上列诸条件者比较渐多，其国家乃再有向前发展之希望。否则其所改进，等于一个被征服国或次殖民地之改进，对其国家自身不发生关系。换言之，此种改进，无异是一种变相的文化征服，乃其文化自身之萎缩与消灭，并非其文化自身之转变与发皇。"此一信念，告知读者，唯有对国史的共同认知，对民族文化的共同自信，国家才能实现自主性的发展，而不是被动性的乃至殖民地式的发展。

作者强烈的国家意识、民族意识溢于笔下，对历史教育之于国家发展、民族自立的重要性的判断深刻有力，读着这些文字，可以让人热血沸腾，亦可以感受到作者写作时内心的满腔热情，再想到写作时中国面临的被外敌入侵的惨烈景象，更觉作者虽一书生但以笔报国、以笔统帅千军之伟大！事实上，在寺中踱步时，反复吟读这四条信念，身上已无凉意，心中更无孤寂，由此也就知道为什么作者能够在清冷的寺中坚持下来了。

1939年1月，钱穆在岩泉寺写就《国史大纲》一书的"引论"，开篇即讲到"中国为世界上历史最完备之国家"，但"中国最近乃为其国民最缺乏国史知识之国家""欲其国民对国家有深厚之爱情，必先使其国民对国家已往历史有深厚的认识。欲其国民对国家当前有真实之改进，必先使其国民对国家已往历史有真实之了解。我今人所需之历史知识，其要在此"。作者在文中扼要阐述了对中国历史中政治制度、学术文化、社会组织等的看法，批判了由于近代中国落后而自我否定、全盘欧化的认识，对于那种要"连根铲除中国以往学术思想之旧传统"的做法痛心疾首。作者笔下常带感情，认为当前抗战与建国，"我民族国家之前途，仍将于我先民文化所贻自身内部获得生机。我所谓必于我先民国史略有知者，即谓此。是则我言仍可悬国门，百世以俟而不惑也"。

这篇引论长达2万字，在书出版前先发表在昆明的《中央日报》上，旋即引起学界震动，也完整展现了钱穆的历史文化观。陈寅恪看到《引论》后，对来昆明参加中央研究院评议会的张其昀说："近日此间报端有一篇大文章，君必一读。”于是，张其昀又来到岩泉寺中，将陈寅恪此言告诉钱穆。待书出版后，钱穆专门致函陈寅恪征询意见，回复是：“惟恨书中所引未详出处，难以遍检。”

1938年6月，钱穆在岩泉寺写就《国史大纲》一书的“书成自记”，讲述了这本书的成书过程，有许多自谦之语，也解释了因缺乏参考文献而注释省略等问题，恳请读者谅解，文中有言“自念万里逃生，无所靖献，复为诸生讲国史，倍增感慨。”“暴寇肆虐，空袭相随，又时时有焚如之虑。因率而刊布。”读到这些文字，令人更添钦佩之情，在如此颠沛流离之境，处如此清冷孤寂之寺，加之外寇入侵与敌机空袭，作者一日日一夜夜一字字写作完成此50余万字著作，更显不易。其间甘苦唯自知，笔下情绪今仍感。书中有历史叙述之理性，更有民族自强之血性。待书出版，“屡印新版”“有整书传钞者”“读此书，倍增国家民族之感”。文化抗战，教育报国，钱穆先生实属西南联大乃至全国学界之楷模！

1941年11月，鸦片战争100年之际，钱穆作《历史教育几点流行的误解》一文，批评了认为中国人2000年来闭关自守等流行的“历史的叙述”，以史实说明这些都不是“历史的真相”，特别强调不要因为近代中国顿挫与欧美兴盛平行而对民族传统文化妄自菲薄。“试问若非我民族传统文化蕴蓄深厚，我们更用何种力量团结此四万万五千万民众，对此强寇作殊死的抵抗？当知无文化便无历史，无历史便无民族，无民族便无力量，无力量便无存在。所谓民族争存，底里便是一种文化争存。所谓民族力量，底里便是一种文化力量。”其实，所有的今天都源于昨天，所有的成功变革都扎根在历史深处，没有对历史的真正了解与尊重，就不可能有真正的历史进步。对于中国来说，这 100 年的奋斗是五千年文明史的组成，下一个 100 年的进步依然是五千年文明史的组成。

《国史大纲》最后一章最后一节题目为《抗战胜利建国完成中华民族固有文化对世界新使命之开始》，要知这是在抗战刚刚全面展开、中方军队节节败退之际，作者有如此必胜之信心，有如此世界之眼光，有如此慷慨之气度，更显不易。有意思的是，本节内容极短，仅两句话，一行半字，第二句话也是全书最后一句话：“不久之将来当以上项标题创写于中国新史之前页。”想来作者到此收笔，言简意长，一年奋笔终有成，其时释然也欣然。

到了晚年，钱穆 80 多岁时，曾写作《师友杂忆》一书，其中有大篇幅回忆在岩泉寺著书的情景，提及寺中僧人、道人及女佣，回忆当年生活细节，异常细腻，读来有趣，也可看出这段时日对钱穆的特殊意义。钱穆回忆道：“尽日操笔,《史纲》一稿，乃幸终于一年完成。回思当年生活，亦真如在仙境也。抗战胜利后，余重来昆明，每念岩泉上寺，乃偕友特访之。”对当年深山古寺著书之经历、留恋之情溢于言表。

钱穆忆及寺中“常有松鼠一群，在树叶上跳跃上下”，按此记述，我在寺中寻访，虽未见到一群，但也见到一只，神态可爱。亦见到一位寺中僧人，热情健谈，还帮我们拍照留念。还见到寺中一位女居士，聊了些许寺中日常情况，临别送我一袋盐和一个苹果，说是结缘。当然，最感谢的是纪念馆馆长，讲解激情而细致，饱含着对抗战期间这段特殊著书经历的感情以及对钱穆先生的尊重。与馆长相谈甚欢，待我自行从山上寺中转下来，馆长交与我一份毛笔手书文字。文中说:“钱穆著书纪念馆是西南联大的一个重要组成部分，清华大学也是西南联大的重要部分，今有幸教授带队参观游学，特聘先生为顾问。”颇见诚心，甚感荣幸。

纪念馆的大门两边有副对联，上联是“书涵竹韵千秋节”，下联是“墨染泉声万古新”，情境合一，意味深长，也充分印证了钱穆所言:“我言仍可悬国门，百世以俟而不惑也。”随着时间的推移，钱穆学术、思想与精神的价值日渐凸显。不忘国史，成就国民，凝聚国魂。

2021 年清明过后，收到钱穆著书纪念馆寄来的“明前宝洪绿茶”一包。素朴的牛皮纸包装袋上印了一段话，讲述“国学大师钱穆先生与宝洪茶”的故事，内容摘自钱穆 80 岁时写的回忆文章，读来有趣。看来，这位著书人已经长久地与岩泉寺、宜良县融在了一起。

寺虽冷，书长热。人虽去，名长留！

2023 年，收到钱穆著书纪念馆寄来的编著《钱穆在宜良》一书，以钱穆先生在宜良著书为重点，汇集介绍文字、纪念文章，亦收录了本文。编写前言开篇讲道，“继先圣堂堂正正做中国人，启后学切切偲偲为孺子师”。钱穆先生的精神之美是不可忘却的。

率性与血性

2021 年 6 月 17 日，许渊冲先生走了。当天，新闻一出来，很多朋友给我转发这个消息，因为就在这个月初，我刚刚拜访过老先生。未曾想，此次见面竟是永别，倏忽之间，老先生就驾鹤西去了。

得知这个消息的时候，脑海中第一时间冒出的一句话就是颜渊当年对孔子的感叹之语："仰之弥高，钻之弥坚。瞻之在前，忽焉在后。"老先生之高与坚，愈读愈深，老先生之存与隐，愈思愈叹。百岁老人少年心，惊鸿一瞥离世忽。读着当天各大媒体几乎刷屏的人物特写、深度报道与纪念文字，想到在老先生离开前两周，能够面对面、一对一地谈一个小时，倍觉珍贵。这是百年人生丰厚积淀在终点处的一次绽放，值得永远的记忆与回味。

引发去拜访许渊冲先生的诱因有二：其一，年初去云南宜良岩泉寺的钱穆先生著书纪念馆参观，看到了曾为钱穆先生在西南联大时期学生的老先生题写的馆名；其二，5 月底纪录电影《九零后》在院线上映，我带着我指导的清华研究生去电影院看片，看到百年前的青年人如何在抗战救亡中刻苦读书的故事，深受触动，片中有杨振宁、许渊冲、马识途、王希季等10余位年逾9旬的西南联大学生的采访内容。这些学者不仅代表了一个时代的文化记忆，也形成了一个民族的文化基因，历久弥新，愈探愈深。

6月初的一个周五下午，我如约来到许渊冲先生家中。一进家门，被引入右手的一个房间，就看见许先生端坐在沙发上，穿着鹅黄色的西装，身板直直，面庞清瘦，神情安详。看见我进来，伸手指指右边的沙发说，“请坐”。

坐下来后，我开始介绍自己和来意，但发现老先生似乎听得不太真切，这才知道老先生听力上有些问题。

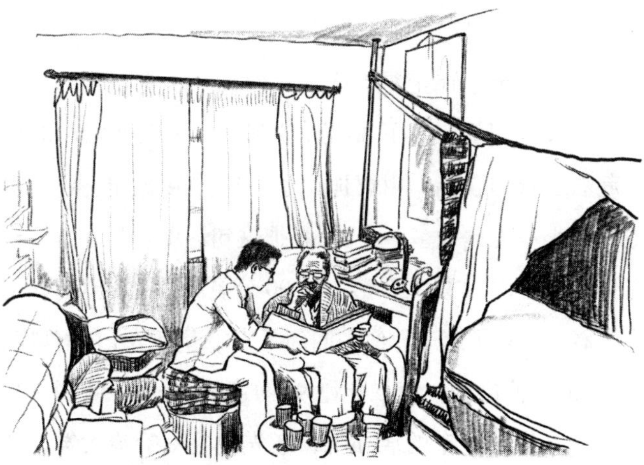

于是乎，我就干脆搬了一个凳子，挨着老先生的沙发坐下来，每次讲话也都放大了音量，这样就可以顺畅地交流了。

我先从纪录片《九零后》说起，谈起片子中的一些场景、访谈和感受，老先生听我一口气说了许多，茫然地问了一句："这是什么片子啊？"我这才知道原来老先生并没有看过这个片子。

我简单讲了讲这个片子的内容，老先生似乎有些回忆起来，说几年前是有人采访过自己谈西南联大的事情。我就告诉老先生自己刚刚去过西南联大旧址，很钦佩那一代师生能够在艰苦环境中求学。我问老先生上学期间是不是很在乎分数，老先生笑笑说"当时人家是在乎的"，接着又补充了一句"清华在乎分数"。

老先生现在还记得大学入学时的英文考试，自己考了 79 分，而杨振宁考了 80 分，说到这里他从沙发中坐直，举起右手伸出食指，由衷地说了一句："杨振宁厉害啊！他比我小一岁比我多一分。"我把这句话重复了一下，老先生又接着说："外文系第一名 90 分更高！"到这时，老先生似乎兴奋了起来，似乎回到了当年青葱学子的好胜状态，"也不值虑的。第二年她 91 分我 93 分！"我说，那时是吴宓先生宣布的成绩吧，老先生立刻哈哈大笑，朗声说道“吴宓说我第一名”，与此同时，身子向后一仰靠到沙发里，双手摊开，放到沙发扶手上，那种喜悦感是发自内心的。我能切实感到老先生是穿越回到了80年前的课堂中。在1940年西南联大大二的日记中，许渊冲先生曾有这样的文字："欧洲文学史得93分，有四个得91分的紧跟在后，仿佛看到在百米赛跑时，一马当先，驷马难追的形象，倒有一点得意之感。"我觉得，或许这种“得意之感”一直跟随了老先生80年吧！

老先生接着说："吴宓说俄语考100分他还没见过。"这说的是许渊冲当年在西南联大期间参加俄语考试的成绩。我问老先生如何学得这么好，老先生略想了想，说："我一直要看俄语电影。"然后，他又说道，“法文更厉害了！我到清华借字典，我借英文字典，他拿了本法文字典给我，我居然能看懂。”听老先生娓娓道来，我不禁感慨地问为什么那一代学子在那么困难的环境中能有如此好的学习风气与学业水平，老先生自豪地说："西南联大聚集了当时全国的精英学子，风气很好。"那种对西南联大的怀念与欣赏之情溢于言表。

我看到房间里书架上有一张老照片是1949年巴黎联大校友欢迎清华大学梅贻琦校长访问法国时拍摄的，就拿过来问老学长当年的场景。老学长讲着当年的场景，我读着照片上的说明文字，老学长突然问我，“有字啊！这字我都没有看见过！”我就又着重读了一下照片上的标注“左四 许渊冲”，老先生听闻，笑起来。

在谈到许渊冲先生的翻译本行时，老先生自豪地说“我是世界冠军”，“全世界5000年来，没有一个外国人能把中文变成英法文诗的，直到现在还没有。”“实际上中文比英法文难嘛，你外国人能解决的我能解决，你外国人不能解决的我也都能够解决。”老先生肯定地说：“我没有碰到我翻不了的东西”，当然，“科学不谈，不懂科学翻出来没有意义。”

说到翻译时，老先生突然提到了日本人翻译中国的名称，翻译成“支那”，“他甚至还要加个‘狗’字”“日本侵略中国就是这样，他看中国人不是人呢！”老先生说起那段外敌入侵的日子情绪一下变得激动起来，滔滔不绝地讲述当年的惨状，那种任人宰割的惨状，义愤填膺，情不能已，还特别认真地盯着我说：“能有今天你们幸运的，你们不知道那时候，我是九一八时候的人。”

我说起来在昆明西南联大纪念碑上看到当年参军抗战的学生名单里就有“许渊冲”的名字，老先生很自豪地说，我在美军当翻译官，我们打下了日本人的飞机，“我有飞虎章！”然后老先生拿来给我看，“你看这个飞虎章上的V，代表 Victory。”在我看的时候，老先生又拿来当时的 P-40 飞机模型给我看：“美国的飞机 400 公里，日本的飞机 380 公里，就差这 20 公里，就被打下，第一次就被打下！马上日本就不敢来了！”对于那一年参军抗战的经历，老先生很荣耀，至今说来，情绪激动，拿着飞虎章和飞机模型时，可以感觉到情绪的极度兴奋与身体的微微颤抖。

许渊冲先生当年的工作是每天将昆明行营的军事情报译成英文，送给陈纳德将军，再由陈根据中方情报和美方情报，安排飞行任务。每次击落日机一架，飞行员就在机身贴上一张插翅膀的五彩老虎，所以美国志愿空军就成了闻名遐迩的“飞虎队”。为了纪念这些勇士们，许渊冲先生曾写了一首英文诗和中文诗。

飞虎队乘长风，血溅万里蓝天。敌机一声轰隆，冒出滚滚浓烟。西山直立湖边，怀念勇士英灵。漫漫长夜难眠，人影融入山影。

The Flying Tigers sprinkled/Their blood on high/And smoke of Jap planes wrinkled/The azure sky./The mountain loves the lake,/Watching its image single./All day and night awake/Till it and water mingle.

我最后谈到了当前中国文化走出去的问题，谈到了现在中国对外传播的问题，希望许渊冲先生给些建议。老先生淡淡地说，“越来越出去的！”他特别强调要重视培养当代青年的跨文化交流能力，“青年就是代表未来！”“希望你们能够声音也越来越大！‘人类命运共同体’越来越发展得更好！”

谈话快结束时，我告诉老先生，我读了他的《翻译的艺术》一书中的文章《有中国特色的文学翻译理论》，很认可他提出的“优化论”的文学翻译理论，更认可文学翻译的最高目的是要让阅读者感到乐趣，我以为，老先生就是一位“优乐之翁”，优化译之，快乐读之。老先生听后连声说“好”“谢谢”，我拿出带来的这本书，在这篇文章的批注页上请老先生签名留念。

我把带来的清华110周年校庆的纪念邮册带来给老学长看，我一页页翻，老学长一页页看，还不时问问画面上的内容，不时说着“清华校风很好”“我很爱清华”。我又把宜良岩泉寺的茶叶送给老学长，茶叶的牛皮纸包装上有文字说当年钱穆先生爱喝此茶。老学长说“好啊！我也尝尝。”

临告别，我突然想起一个轻松的问题，就问老学长已经百岁还如此神清气爽靠什么保养，老学长挥挥手说：

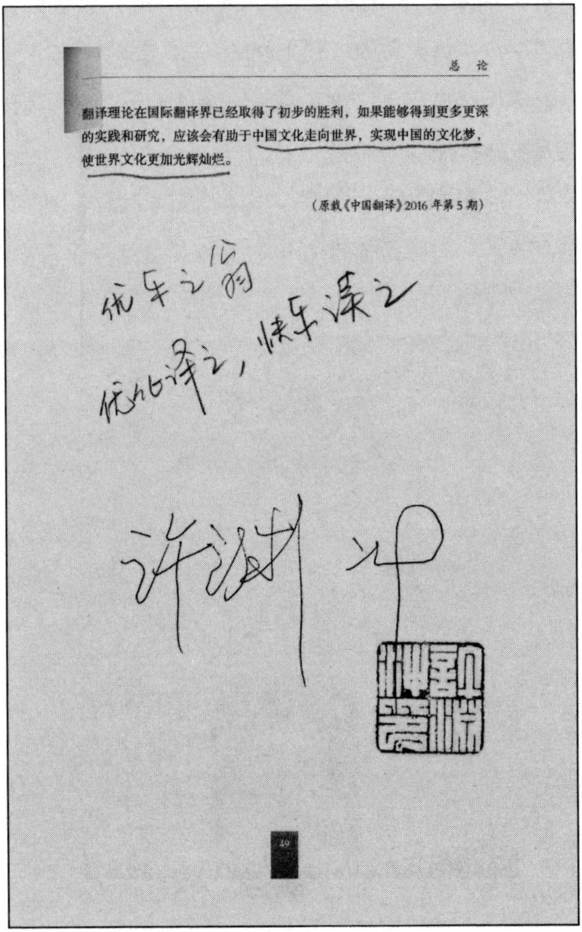

总　论

翻译理论在国际翻译界已经取得了初步的胜利，如果能够得到更多更深的实践和研究，应该会有助于中国文化走向世界，实现中国的文化梦，使世界文化更加光辉灿烂。

（原载《中国翻译》2016年第5期）

49

“没有什么保养，简单、规律就好。”家里人补充说，老先生每天都要工作到深夜，天天笔耕不辍。老学长自己又加了一句“每天写 500 到 1000 字。”

老学长过世当天，据说前一天晚上也是工作到很晚，第二天清晨在睡梦中驾鹤仙去。

至今回想起与老学长谈话的场景，宛如与一位率性少年在谈话，与一位血性青年在交流。虽百岁而永少年。

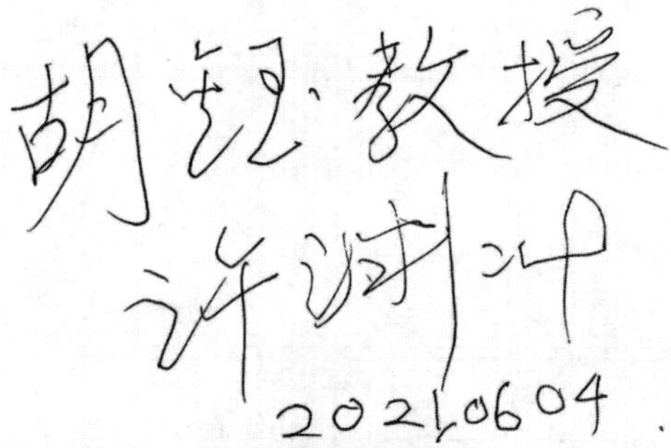

青年许渊冲

（摄于 1938 年）

西南联大校歌中有言：“千秋耻，终当雪；中兴业，需人杰。”许渊冲先生之率性与血性，深深打下了这一烙印，无愧中兴业之人杰。

写作此文在老学长离去100日，完成此文距拜访老学长恰好4个月。谨以此文纪念之。

其人若春风冬日

2017年新年伊始，我去香港参加国际授权展活动，其间专程拜访了清华老校友熊知行学长。

之所以拜访熊学长，因为在清华园里经常路过熊知行楼，知道这座楼是熊学长2001年捐赠建设的，也因为在校友间经常听到熊学长的故事，知道她1938年考入清华土木工程学系，之后又在伦敦大学帝国理工学院获得数学博士学位，并在香港中文大学教授数学直至退休。更重要的是，熊学长创立香港杏范教育基金会，资助了大量国内的文教事业。如此一位学养深厚、德行高逸的学长，岂能不令人钦佩与向往！

在一个晴朗的午后，我和香港清华校友会的一位校友如约来到熊学长家中。进门后，就看见老学长端坐在客厅的沙发上，在红毛衣、红披肩衬托下，人很是精神。我紧走几步，弯身问候，老学长微笑示意，摆摆手让我在旁边的沙发上坐下。

我向熊学长介绍，此次来看望她前，向学校教育基金会和校友总会的领导都作了汇报，他们都委托我向她问好，母校很关心她，新年快到了，也是来给她提前拜年。老学长一直坐在那里静静地听着，当听我说了这些来意后，盯着地面，似乎是自言自语地说了一句话：“我对清华有感情。”

我拿出当天的香港《大公报》，上面刊登了前一天国际授权展活动的报道和图片，熊学长很感兴趣地接过去看，指着报纸上的报道，问我什么是授权和文创，我就给老学长介绍了授权产业的概念，介绍了清华提出的“更创新、更国际、更人文”的发展目标，介绍了成立文创研究院的情况，老人家听后点点头说了两句话，让我记忆深刻：“清华学生要多学人文”“要让学生相信自己的文化”。

熊学长很关心母校的发展，从学校的学生人数到学科设置，问了许多，我一一作答，看得出来，母校是她心中很浓的牵挂。谈话过程中，熊学长的助手拿来了一本书《杏范史缀——杏范公益事业三十年回顾》，给我翻看老学长当年读大学时的学生注册卡片和毕业证书，我注意到熊学长是1917年出生，很是高兴，说：“熊学长今年恰好百岁大寿,先给您贺寿了！”她的助手怕她听不清楚，又大声重复了一遍。老人家含笑点头。她的助手说，每次清华来人看她，她都特别高兴。

的确，在翻看这本书时，我看到了老人家1981年清华建校 70 周年时与她的同学们在大礼堂前的合影，2011 年回母校在水木清华荷塘边与朱自清先生雕像一起的合影。事实上，书的第三部分的题目就是“清华情结”，其中有大量清华领导、老师去看望熊学长的照片，也有熊学长与其先生、同为清华校友的曹锡光学长多次返回母校在二校门、甲所、校史馆等的照片。在马约翰雕像前合影的照片上写着：我们上过马教授体育课；在“行胜于言”日晷前合影的照片上写着：立身名言。

我惊奇地发现，熊学长在新中国刚刚成立时还做过摄影记者，并参加了开国大典的现场拍摄。1949年新华书店发行的一套20枚《中华人民共和国中央人民政府成立典礼大阅兵》图片，其中第一张“1949年10月1日在新中国首都升起了第一面新国旗”的图片拍摄者就是熊学长。于是，我高兴地向学长介绍了清华新闻学院的情况。熊学长的助手告诉我，新中国成立初期，学长曾经翻译出版过美国人W. Bradford Shank《滤色镜》一书。我仔细读了这本书前的“译者的话”，看到其中有一句话：“新闻摄影，它是历史的或其他地域事件的生动记载，弥补了时间性和地域性的隔阂。”我告诉老学长，清华新闻学院现在专门开设有“新闻摄影”课程。

时间过得很快，一个多小时过去，到了熊学长的下午茶时间，她邀请我们一同品尝下午茶接着聊天。我担心老人家太累了，询问她的助手，是否我们要先行告退。她的助手很明确地回答，老人家很愿意与你们多聊聊，如果你们没有其他安排就一起好了。

下午茶不仅有清香的茶，还有几样小茶点和水果，东西不多但很精致、清爽，这让我们的交流更加轻松愉快。我帮老学长把点心切开，她示意我吃大块的、她吃小块的，并告诉我要多吃。吃完点心，吃水果，老学长不断地告诉我多吃

杏范史缀

——杏范公益事业三十年回顾

送给
胡钰教授
熊知行
2017年1月10日
(100岁)

2012 年·秋

香港杏范教育基金会

地址：香港九龙塘义本道雅景楼 5-7 号 C 座 5 楼
电话：(852)-2339 1831 传真：(852)-2339 1860

些，很是亲切。望着熊学长愉悦的状态，我的心中格外高兴，不禁感慨道："您根本就看不出来是一位百岁老人啊！"

她的助手听到我的这个感慨后，拿了一篇文章给我看，说这是老人家最近在看的。我一看，这是一篇杂志上的文章《互联网也要"加"老人》，文章中有各种标记：单直线、双直线、小圈圈等，看得出来，熊学长阅读很认真。我指着划线的一句话"'互联网+'如何亲近银发族，让网络时代的便利更多惠及老年人，是个值得关注的问题"，对老学长说："您对老年问题的关心的确深入，怪不得会在母校捐赠建设老年学研究中心！"

在下午茶中，时间又轻易地滑了过去，不知不觉，又与熊学长聊了近一个小时。我拿出了刚才的那本书《杏范史缀——杏范公益事业三十年回顾》，请老学长签名留念。熊学长拿起笔，认真地写下了"送给胡钰教授"，并签上了自己的名字、日期，刚要搁笔，突然又对我说："我今年100岁了！"我点头。于是，老学长又在名字下写了一个"100岁"，之后又问我："是不是加个括号好看些？"我说："是啊！"于是学长就在"100岁"外又加了一个括号。

与熊学长一起合影时，她的助手大声说："您今天开心吗？"老学长点点头。助手说："那就做个开心的姿势吧！"令我惊喜的是，老学长居然伸出手来，做了一个

V字形，我马上也很开心地如法做了个V字手势。于是，我们两个年龄相差超过半个世纪的校友就留下了这一开心的瞬间定格！

离开的时候，我再次给熊学长拜年。熊学长也说："给清华的领导、老师们拜年！祝清华越来越好！"

走出门后，一道前去的香港校友感慨地说："这是我第一次见到熊学长，以后我会经常来看望老人家的！"我说："这样好啊！每次都代母校问候老学长。"

在我与熊学长合影的背后是一副对联，题写者是张大千先生，内容是："其人若春风冬日，此地乃曲水平川"。我觉得，以前一句来表达此行拜望熊学长给我留下的感受，准确之至，如冬日里的春风，如书桌上的阳光，难以忘怀，常思常暖。

小窑洞里的大文章

在延安期间，我参观了毛泽东等老一代革命家在凤凰山、杨家岭等地住过的窑洞，其简陋程度令人震撼。几乎所有的窑洞里都是相同的陈设：一桌、一椅、一床、一书架，墙上有几张窑洞主人的照片。更令人震撼的是，在如此简陋的窑洞里，诞生了如此多的经典文章。新中国成立后出版的《毛泽东选集》四卷本中共收录 159 篇文章，在延安窑洞里写成的就有 112 篇之多,其中包括《矛盾论》《实践论》等名篇。同样,《刘少奇选集》上卷 27 篇中，在延安窑洞里写成的有 16 篇;《周恩来选集》上卷 39 篇中，在延安窑洞里写成的有 18 篇。

从 1935 年 10 月 19 日红军长征到达陕北吴起镇，到 1948 年 3 月 23 日党中央东渡黄河离开陕北，党中央在延安陕北工作了 13 年。据陕北农民回忆，最初见到毛泽东率领的中央红军的样子：一个高个子叫花子带了一群叫花子。可想当年情况之恶劣、斗争之严峻！但就是这群“叫花子”，在延安的山沟里，在简陋的窑洞里，带领中国共产党夺取了全国革命的胜利。

我看到当年毛泽东在陕北清涧县袁家沟写作《沁园春·雪》的小炕桌，那么小、那么破，浮想 1936 年 2 月经过浴血奋战九死一生的红军刚刚到达陕北，毛泽东是以怎样的一种胸怀在这个小炕桌上写出如此气势恢宏、可以震惊当年重庆、传颂至今的旷世词句？我们还听说毛泽东为了写作《论持久战》，曾 8 天 9 夜连续工作，以至于脚下的木炭火盆把棉鞋烧着而不知。

如此的奋斗精神为什么？答案只有一个：信仰。当年的延安，吸引了全民族的优秀儿女突破重重阻力来到这里寻求抗日救国真理。昂扬的斗志洋溢在整个延安，以至于三五九旅在开发南泥湾时，一个连的劳动纪律规定“生产

时不得早到和迟退”。刚听到这个规定时，我以为是听错了，但仔细了解，看了实地，确信了这一规定的准确性和针对性。

13 年的延安时期为中国共产党留下了宝贵的 13 个字：为人民服务、实事求是、艰苦奋斗。为人民服务是中国共产党的根本宗旨；实事求是是中国共产党的思想路线；艰苦奋斗是中国共产党的工作作风。

延安时期，毛泽东题写的“实事求是”墨迹有 4 幅，一是 1941 年为中央党校题写的校训，二是 1943 年 1 月为生产英雄惠中权题写的“实事求是，不尚空谈”，三是 1943 年 11 月为中央党校礼堂落成题写这四个字，四是 1945 年为党的《七大纪念册》题写的“实事求是，力戒空谈”。延安时期，老一辈革命家都自觉以艰苦朴素、勤俭节约为要求，住的是土窑洞，穿的是粗布衣。有外国记者评价朱德说，如果总司令从讲台上走下来，几分钟后你就无法辨认出哪个人是总司令。

延安精神是中国共产党独有的、极其宝贵的财富，也是中华民族精神的高地。延安精神之美是穿越时空的。当年，中华民族依靠延安精神在小窑洞里写出大文章、办成大事情，实现了民族独立；今天，中华民族依然可以依靠延安精神在全球化中写出大文章、办成大事情，实现民族复兴的百年梦想。

坦坦荡荡天地阔

与许延滨将军认识，是在2000年的一次关于信息网络化的研讨会上。说也奇怪，我们的年龄差了30多岁，居然就因这次会议让我们成了忘年交。

像我这种长期在高校的读书人，对军人总是有一种天然的钦佩感，“男儿何不带吴钩，收取关山五十州”的感觉时常会激荡自己。特别是当知道延滨将军还是上过战场、负过伤的军人，更是钦佩。在1979年那场对越边境自卫反击战中，延滨将军曾主动请缨到前线，临战前在致装甲兵党委的信中写道：“如果我在战场上倒下，这是我最大的幸福。我把我的一切献给伟大的中华民族、伟大的党。如果我牺牲了，请让我的后代仍成为装甲兵的一员！”在那次作战中，他很英勇，也光荣负伤，在战场通信全部中断的情况下向总部通报战况，后来荣立战功，被《人民日报》等媒体作为爱国主义教育典型报道。

认识延滨将军十余年，经常在一起聊天，但他几乎没有谈过自己在战场上的经历，更多的是谈对军事理论、历史发展和人生经验的思考。看得出来，他的思考领域很开阔、眼光也很有前瞻性。1997 年他就在总参机关学习高科技的一次讲座中，讲到了数字化战场与数字化部队，其中提出了许多当时很超前的建军思路。每次聊起来的时候，他总是海阔天空，思维跳跃异常，古今中外，纵横捭阖。对这种表述方式，起初我还有些不适应，后来发现，这种跳跃、发散、逆向的思维方式对我的思考是一种激发，它们会对许多习以为常的知识、想法以及种种刻板印象带来冲击，倒逼着反思既有的知识框架和分析方法。这种聊天经常会让你有错觉，以为是在与一位哲学教授聊天。

其实不仅是聊天，很多时候收到延滨将军发来的信息，也要费尽脑筋琢磨一下，前后文、上下意，还有内在的含义。如果不仔细思量，回应得不对头，那可是要“挨骂”的。

“世出名门，却亲切率真；身居高位，却平易近人；戎马生涯，却文章等身；年逾古稀，却犹发青春。”这是十几年的交往中，我对延滨将军的切身感受。

后来，我参加了《许光达传》的撰写，了解到了许大将的故事，才更加了解了延滨将军这种精神与做派的家庭源头。

据初步统计，许光达生前的读书量超过 1.7 万册，而且很多书中都做了批注，留下了数十万字的手稿。许大将对理论和技术高度重视，表现出了很强的“兵哲相容”的气质。

1933 年，许光达在莫斯科列宁学院、东方大学坦克系攻读坦克理论时，成绩优秀，受到老师和同学们的称赞。新中国成立后，他奉命组建中国的装甲兵部队，担任装甲兵司令员，提出并践行“没有技术就没有装甲兵”的口号，很快组建起一支装甲兵部队，并入朝参战，打出了国威、军威，被称为中国的“装甲兵之父”。

当然，许光达被传颂最多的还是在 1955 年首次授衔时，当得知自己被授予大将军衔，他多次给中央军委写信，提出要给自己降衔。后来中央不批准，他又提出给自己降低工资等级。毛主席为此盛赞：“五百年前，大将徐达，

二度平西，智勇冠中州；五百年后，大将许光达，几番让衔，英名天下扬！”

许光达对独子延滨的要求可以说是严苛而又自由。所谓严苛，是指许大将对所有家人要求极其严格，对待唯一的儿子有时甚至到了不近人情的地步，不仅决不允许孩子利用父亲的地位搞任何特殊待遇，甚至普通群众可以做的，在小延滨那里却是被禁止的。延滨将军告诉我，在他上学时，父亲不准他填表时写父亲的名字和职务，只能写母亲的。他因为学习成绩好,学校要推荐他到国外读书，也被父亲拒绝，理由是国防部副部长的孩子不应该优先出国。在延安保卫战时期，小延滨更是险些因自己的顽皮而让父亲上演大义灭亲、“辕门斩子”的古曲今唱。

所谓自由，是指许大将并不刻意干涉儿子做什么或不做什么，而是多让他去尝试各种不同的领域、技能，之后再以潜移默化的方式对其进行引导。比如，延滨将军的部队参加国庆35周年的阅兵典礼，其关于训练节奏的灵感便来源于少年时期父亲带他去观看跳舞，起初他并没有在意，但在父亲的启发下，逐渐明白了音乐节奏与阅兵节奏之间、多音部旋律合成与现代多兵种合成作战之间的相通。

我在科技日报社工作期间曾编发了延滨将军的一篇文章——《追忆恩师华罗庚》，他以学生的身份对与华老相识、相知、相处等过程进行了回忆。文章读来，才知道他与华老有如此深的交集与情感，才更加明白他的浓厚科学意识与科学素养的来源。文章中提到，“当我在芝加哥学术博物馆看到当今世界上 88 位数学伟人之一的恩师华老时，不禁流泪，想到美国著名科学家贝特曼曾著文说：‘华罗庚是中国的爱因斯坦，足够成为全世界所有著名科学院院士了。’更是百感交加。我有缘结识华老，跟在他身边工作过一段时光，非常宝贵。他的启迪让我后来的戎马生涯中充满了活力，并由此建立了科学的人生观。”

2004 年，许光达夫人邹靖华去世，我参加了在 301 医院地下室的告别仪式。邹靖华的父亲是毛主席的恩师邹先鲁，她自己也是“三八”式的老党员，又是开国元勋的夫人，但那个告别仪式之简单，简单到不能再简单了。现场没有花圈、没有挽联、没有哀乐，只有“送君送到大路旁，君的恩情永不忘”的歌曲回荡，婉转悠扬，荡气回肠。在现场，延滨将军宣读了母亲的三条遗嘱：遗体火化、不搞仪式、从自己结余的 2.5 万元钱中拿出 1 万元交最后一次党费，另 1.5 万元在许大将诞辰 100 年时印 100 本书分送给亲朋好友作个纪念。读者泪流满面，听者感动不已，许多人泣不成声。

记得第一次去延滨将军家里聊天，一进客厅，就看到了许光达的半身塑像，塑像下有四个字：“清白传家”。延滨将军告诉我，这是他们家的家风。他也很自豪地告诉我，许大将的基因和血脉在家族里代代传承。就我所知，在他们家，“让”的文化非常突出：许大将多次让衔，大将夫人转业到地方后在晋升时多次让级，延滨将军在部队中多次让级，他的夫人曾大姐也是多次让级。

一次，我曾问延滨将军为什么当时要到院校工作而不继续在仕途上发展，他给我的回答很明确：“这个世界太大了，知识那么多，我缺的东西太多，要补课。”令我记忆深刻的是，他又加了一句：“如果有卫国战争，我会去。”

在职务职级上“让”，在工作学业上却“争”，许家人学习都非常勤奋，工作都非常认真。延滨将军自己就是这样的，在仕途上不求大官，但求大学问，思考大问题，跟着朱伯昆先生学哲学，跟着赵朴初先生学宗教，跟着季羡林先生学人文，跟着华罗庚先生学数学。

在延滨将军的家里，我看到了张爱萍将军给他的题词：“勿逐名利自成仙，欲辩伪真岂畏险。坦坦荡荡天地阔，宇环赤旗见真颜。”不禁说道：“您可真是坦坦荡荡的神仙啊！”延滨将军说：“作为许光达的子孙，我们活得无愧就好了。”

记得读过一句英文：When the gorgeous stage to become

a memory, you do not indulge in the glory of the year, otherwise it will make you a headache. 感觉这句话用在延滨将军身上很合适，从激情燃烧的战场上退下来、从叱咤风云的舞台上退下来，他天天读书思考，经常给我发来先哲们的话，也会发来自己写的诗，还曾送我一本印有古希腊哲学家的台历；每每见面时他都嬉笑怒骂，在不经意的言语中分享自己的人生思考。我想，这样的人是不会"头疼"的。

有一次，我与延滨将军开玩笑说，您是名副其实的"官二代"啊！他的回答也很坦然：对这点，我并不否认。我也不否认家庭出身给我带来的一些有利条件，但我也同样不否认家庭出身给我带来的一些人生苦难。争论哪个多些、哪个少些是没有意义的。每个人都有自己的出身，这点无从选择，但每个人却可以选择如何面对这种先天条件。事实上，他多次给我讲起他的妹妹在战争中饿死的故事，也讲起自己去妹妹墓地凭吊的场景，每每此时，我都无语。2008 年的中秋节期间，许光达的孙辈给天堂中百岁的大将写了一封信拜寿，其中写道："为了让世世代代、子子孙孙的中国孩子能永远仰头、直腰、挺胸地活着，爷爷，您和您的战友们'百战沙场驱虎豹，万苦艰辛胆未寒！只为人民谋解放，粉身碎骨若等闲！'"提到了面对汶川大地震，看到十万解放军战士在灾区奋战，知道了什么是“军人的责任”，什么是“不抛弃！不放弃！”“您的重孙儿们将压岁钱全部捐给了灾区的孩子们。6岁入队的孩子恭敬地为您的铜像戴上了红领巾，13岁入团的孩子把共青团的团徽恭敬地放在了您的铜像前！”“您的后人向您郑重承诺：‘珍惜荣誉，承担责任！清白做人，世代相传！’这份‘寿礼’也是您最最看重的，对吗？”

临近2016年年末的一天，延滨将军来到我在清华园的办公室里聊天，从下午聊到天黑，“人到老了，腿脚耳眼不那么灵活了，于是就喜欢坐在夕阳下做些哲学的沉思，和年轻人做些思想交流，也算是一个长者对自己的交代，对人生的责任和担当。”我们谈到，作为当代人，要站在历史，眺望未来，历史决定行为边界，现实决定内在动力。他告诉我：“我向来不喜欢看战争书籍。我尽管是战争胜利者的后代，我从小到大一直问自己到底对‘战争’记住了什么？当我一次次看到‘无名烈士碑’时，内心总是血淋淋的，眼眶总是湿的。”

记得那天送延滨将军走时，我陪他在校园里散步，我们看了朱自清先生、闻一多先生塑像，看了王国维先生纪念碑，他看得很仔细，还会不时作些评论，并不停地感慨道：“你们这个园子真好！”临上车，他意味深长地拍拍我的肩膀说：“打仗是守住一块地，教育是守住一批人。”这句话，在夜色笼罩的大礼堂前，如同一道闪电，瞬间照亮了大草坪、科学馆与清华学堂，让我们做教师的更觉肩头沉沉。

鲁迅先生曾说：“有些人毕生追求的却是有些人与生俱来的，在生命完结的时候，有些人得到了他所毕生追求的而有些人却失去了他与生俱来的。”其实，追求与失去都在于自己的选择。永葆赤子之心，永葆进取之心，这是许光达大将与家人的选择。

不可忘却的美丽

见到黄春强、黄春宁兄弟时，是在广西电网公司防城港供电局的会议室里。他们兄弟俩作为城区供电所十万山华侨林场营业点农电工，从1999年开始，负责华侨林场17个归侨生产队、52个农村生产队，以及2000多用电户的电力线路供电、维护、检修等工作。这项工作很普通、很枯燥，但对于辖区内的百姓来说却很重要，因为这关系到大家可否有电用；完成起来却很不容易，因为山高、路险、人散。

10余年来，为了不留下一处工作死角，黄家兄弟的足迹遍布辖区近百平方公里的角角落落，风里来雨里去，他们磨破了几十双鞋，换了多辆摩托车；为了完成百姓们尤其是一些孤寡老人和留守妇女儿童提出的各种额外要求，他们自学了各种知识和技能，圆满完成了辖区电路设计、安装、维修和紧急施救等任务。兄弟俩创造了供电辖区十余年“零责任事故”“零投诉”的工作纪录。

当我们问及“为什么能坚持下来”时，兄弟俩绽放着笑容说：“每次离开维修点，看到那里的灯重新亮起，心中的满足感很强。”“那里的用户已经把我们当成亲人，舍不得离开他们。”

见到王彪时，是在地处甘肃安西极干旱荒漠区中的中石油西部管道公司红柳压气站。这个帅气的“80 后”小伙子 2009 年毕业于成都电子科技大学，同年来到了中国首条引进中亚天然气的能源大动脉——西气东输二线压气站工作。在这里，水是稀缺物，年平均降水量仅 40~70 毫米，而蒸发量却高达 3100~3500 毫米，站内用水要用车从外面运进。这里不仅缺水、荒凉，还极热、极冷，最热天与最冷天温差 70℃。

不要小看这个压气站，它关系着中东部4亿多人的用气，一旦这里出了问题，生活在繁华都市的人们将无法享用清洁的天然气。不要小看这个压气站，这里的设备技术含量高，突发问题多，没有相当的水平还无法胜任。这个来自海南的斯文的大学生在岗位上一头扎进去，既要克服自然环境的恶劣，还要克服外国公司的技术封锁，更要克服远离亲人的思念与寂寞。

当我们的车驶向压气站时，看不见标准意义上的路，车子只能顺着依稀可见的车辙行进，尽管车开得很慢，但依然产生剧烈的颠簸。几个小时的持续颠簸，让初见戈壁原本还兴奋议论的一车人，逐渐安静下来。企业陪同的负责人告诉我们，这种颠簸就叫“身体部件抗造实验”。在车上，我们还得知，当王彪妻子第一次来看他时，就在这条路上，一直沉默不语，刚进王彪宿舍，就“哇”的一声哭出来，说：“老公，我们回去吧。这是人待的地方吗？这里太苦了！”

当我们问及“为什么能坚持下来”时，王彪绽放着笑容说：“这个岗位很重要。”其实，他的同学多次劝他回海南，他却开玩笑地吓唬他们：“如果你们再这样叫我回去，我就不给你们输气了。”在压气站办公室里座谈时，我们看到了墙上的一行字：守得住荒漠，咽得下风沙，扛得起重担。我们听到与会工人们说得最多的一句话：在岗 1 分钟，负责 60 秒。

久居大城市里的人，对随手可用的电和天然气早已习以为常，很难想到这么多一线工人在大山里、在戈壁上坚守着、保障着。不论是电网工人，还是石油工人，尽管他们的岗位小，但他们的作用大、责任大、情怀更大。他们在一线岗位上干出了一流业绩，在纯朴劳动中孕育了高贵精神。从他们身上，人们明白了：只有荒凉的戈壁，没有荒凉的人生。这种坚强与坚守、乐观与进取、感恩与奉献，展现了平凡劳动者的纯净之美、坚毅之美、创造之美！

松香与鸟鸣

走进内蒙古大兴安岭，路边的标语让人过目难忘："唯一的污染是松香，唯一的噪音是鸟鸣"。这种源于文字的惊讶，逐渐被呼吸的空气之清新、耳际的鸟鸣之清脆、眼前的绿树之清亮带来的冲击所替代，那是一种当代都市生活中很稀缺的融入自然的感受。

内蒙古大兴安岭林区面积超过 10 万平方公里，相当于一个浙江省的面积，居中国四大国有林区之首，保障着呼伦贝尔大草原和东北粮食主产区的生态安全，被誉为中国北方重要生态屏障。走进林区，方知茂密的森林堪称地球之肺，方知为了守护这片森林的付出如此艰辛。作为林区的守护者，内蒙古森工集团的干部职工热爱森林，扎根森林，日夜巡护，在森林防火、防盗、防病等方面下了大功夫，从 2009 年到 2013 年新增林地面积超过 1000 平方公里，接近整个香港的面积。看过这里后，我对中国生态建设的理解更加具体，对生态文明的前景更有信心。

穿行在林区里，时常看到“投重兵，打小火，当日灭，立大功”的标语。问了之后，才知道，森林里经常会出现雷击火等火情，森林管护人员要随时待命，防止森林火险。这种防火的组织接近军事化，因此当地林业部门提出战备到位，准备了大量森林扑火运兵车，从上到下严阵以待。听当地负责人介绍，一旦出现大的火情，他们在火场几天几夜都下不来，很是艰苦，甚至危险。即便如此，在林区管护站里，我们听到了林区职工自己作词、作曲的《森林防火员之歌》，曲调轻快，情绪昂扬。

在根河期间，当地负责人兴致勃勃地带着我们看，给我们讲，他们的目标就是“森林绿了，职工富了”。这里到处是森林、沼泽，负氧离子含量达到2万个，被称为“中国冷极湿地天然博物馆”。他们建了根河源国家湿地公园，打造了森林休闲旅游和房车露营基地；这里年平均气温 –5.3℃，极端最低气温 – 58℃，于是他们利用自产的纯天然蓝莓等打造了“冷极”牌系列产品。站在冷极湾海拔800多米的观景台上,俯瞰乌力库玛河谷湿地全貌，他手指着河流走势大声地说：“这不就是中国书法中‘冷’的草书体！这就是我们‘冷极’品牌LOGO的来源！”

内蒙古大兴安岭林区拥有的生态资源极其宝贵，而守护这里的干部职工更是让人感动。在林区走了一周，见到了5个林业局的干部职工，感觉他们的工作激情高，人都很朴实，把林区保护好、发展好的愿望明确。更重要的是，许多职工对林区的归属感很强。曾与林区几个“85后”“90后”职工聊天，他们都是大学毕业后在北京、上海等城市的大公司工作一段时间后又回到了林区，问及为什么离开大城市回到林区时，他们共同的回答是：“这里的土地生我，这里的空气干净，这里是我的家。”

在大森林里走了一趟,洗眼、洗肺、更洗心。回到北京，那种松香还时时萦绕，那种鸟鸣还时时响起，那种森林中的人之美还时时浮现。

文学与英雄

2015年年初，国资委新闻中心召开了一个新书发布会。书名是《一线英雄传》，书里讲述了13位国企一线职工的故事。其中有被誉为“焊火车的女神”的中国南车集团长江公司株洲分公司电焊高级技师易冉、被誉为“琼海神农”的中化集团中种公司三亚分公司育种专家王榕宁、被誉为“海油蛙人”的中国海洋石油总公司海油工程维修公司潜水员楚金勇，等等。之所以称这些人为英雄，是因为这些职工的岗位小，但责任大、贡献大，情怀更大。他们用自己的坚韧、创新和奉献，诠释了“劳动最美丽”与“行行出状元”的朴素真谛。

发布会上，请来了著名作家、中国现代文学馆原馆长舒乙先生。老先生已经80岁了，但看起来身体很好，雪白的衬衣、大红的毛衣配上深色大衣，显得格外精神。当作为主持人的我在演讲台上介绍老先生时，他早早地起身站在台边等候，看到他在那里站着，我就赶紧加快了语速，缩减了内容，总觉得不能让老人家站得太久。

舒乙先生在讲话中开篇就谈到了这本书的文学性。他说，读文学作品可以看见一个很有意思的规律，那些世界上伟大的艺术家、伟大的思想家、伟大的科学家，都多多少少有些傻气。为什么呢？因为他们有理想，很浪漫、很真诚。而本书中的这些主人公，恰恰都非常有理想，也非常浪漫、非常真诚，都有点傻气，这个傻气就是他们伟大的地方。

令我惊讶与赞叹的是，接下来，老先生开始讲述这本书中他印象最深的几个英雄的故事。他对这些故事主人公单位、职务记忆之准，对故事细节记忆之全，实在令人感动。在讲述国电集团宁夏石嘴山发电有限责任公司高压焊工张玉川抢修锅炉的故事时，老先生还能形象地做出焊工浑身涂满洗洁精挤进狭窄管排中的动作来。因为之前我曾经见过这位工人，看过他工作的视频，我必须说，老先生做的动作非常准确。

舒乙先生对这本书给予很高评价。说这本书有故事性，有传奇性，有可读性，更重要的是，为有时代特点的工人树碑立传，有人民性，符合习近平总书记在文艺座谈会上说的：我们的文艺要为人民服务。因此，这本书走对了路子。

其实，在听舒乙先生讲话中，不仅让我们对编辑这本书的价值有了重新认识，确信书中的这些主人公是当之无愧的时代英雄，也让我们对文学的价值有了重新认识，开始思考文学之于人生的不可替代的功用。老先生开篇有一段话就讲文学："文学是人生的课本，它是以人为中心的一种艺术形式。要明白人呢，就要请教文学。人不太好明白，甚至于不太明白自己，所以很多人比较苦恼。人一天到晚很忙，在思索，在受刺激，也在发泄自己，但是不见得明白自己。挺苦恼，挺苦闷，他到哪去找答案，他到文学里去找答案。"

在当代社会，大众越来越看重数字对社会运行的反映，却经常忽视了文字对人生价值的把握。在微信圈里，传的最多的是各种图表、统计数据，这些东西很有意思也很清晰地反映了一些事物，但总觉得缺了些什么，或许就是文学所拿捏的思想与情感。人最难的，还是认识自己。

文学的繁荣往往标志了一个社会中理想主义的张扬。台湾大学教授颜元叔曾说过："文学是人生的语言化，哲学的戏剧化。"可谓对文学实质的深刻认识。一个社会中多一些文学爱好者，会多一份宁静氛围与人文情怀。

发布会结束后，一位同事来找我，问我刚才为什么不介绍舒乙先生是老舍先生的儿子。我回答，因为舒乙先生自己很有成就，无须依靠父亲名气，而且他的这个身份应该是大家都知道的。同事认真地说："大家都觉得他讲得特别好。但其实许多人都不知道他，更不知道他是老舍先生的儿子。"闻听此言，我不觉平添了一丝后悔，看来以后还是不能"偷懒"啊！

平凡世界里的奋斗与善良

《平凡的世界》是路遥名作，1991年获茅盾文学奖，出版以来影响了一代代青年人的情感与生活。2015年，由小说改编的同名电视剧上映，触动了几代观众的“泪点”。当年全国两会期间，习近平总书记在参加上海代表团审议时，谈到了当时热播剧《平凡的世界》，还特别提及：“我跟路遥很熟，当年住过一个窑洞，曾深入交流过。”

读《平凡的世界》，如饮清茶，初入口，味道清淡，但只要饮者不急，多饮后，味道渐浓，回甘无穷。事实上，对这部超过百万字的伟大现实主义文学作品，要品出味道来，也是急不得的，需要时间的累积，需要生活的体验，需要情感的共鸣。

作者路遥是共和国的同龄人，1949年出生于陕北清涧县一个世代农民家庭，在农村长大，读完小学、中学，1973年进入延安大学中文系读书，1982年加入中国作家协会，1992年过世。路遥的生活是极其艰辛的，但这种艰辛没有磨灭他对文学的追求，没有扭曲他对人生的信念，愈是艰苦，愈是勤奋，愈是在生活中遭遇打击，愈是在作品中展示美好。读《平凡的世界》，读到的是路遥和千千万万中国人的平凡生活，读到的更是路遥和千千万万中国人的奋斗精神与善良品质。

面对人生的挑战，坚持永不低头的奋斗

阅读《平凡的世界》，一定要与阅读路遥的人生结合起来。如果把路遥的传记和这部小说对比，可以发现，小说中的主要人物、细节特别是精神都可以在路遥的生命历

程中找到原型。路遥自小饱尝贫困，幼年时因家里太穷被过继给亲戚，短暂的43年人生充满了倔强的奋斗，找寻着生命的意义。而小说中的主人公孙少安、孙少平兄弟俩，恰恰就是这样的典型人物，虽出身农村，但永不服输，永不低头。孙少安13岁起就承担家庭的重担，在坚毅、隐忍中负重前行，孙少平不断突破外界条件的限制，探寻更独立、更广阔的人生。这两兄弟的共同点是鲜明的：生命感充盈，责任感满满，虽受限于出身与环境，但精神上是充实的、高贵的。

路遥为了创作这本“大书”，调动了全部的人生经验，书中的许多细节真实、细腻，读来场景感十足，令人动容。全书前三章围绕正在读高中的孙少平的“饥饿感”做了详细叙述：学校的菜分甲、乙、丙三等，丙等只有清水煮萝卜，主食是焦黑的高粱面馍，这是一种最没营养的粮食，过去喂牲口都不用，而为了“年轻而敏感的自尊心”，孙少平总是最后一个来取自己的饭。在一个雨雪交加的日子，孙少平来取饭时，“瞧见乙菜盆的底子上还有一点残汤剩水”，就赶紧倒到自己碗里，这时，“一滴很大的檐水落在盆底，溅了他一脸菜汤。他闭住眼，紧接着，就见两颗泪珠慢慢地从脸颊上滑落了下来——唉，我们姑且就认为这是他眼中溅进了辣子汤吧！”如此艰辛的青春，娓娓道来，叙述得淋漓而温和。而这样的青春，正是路遥经历过的。

面对人生的苦难，有的人屈服，有的人战胜苦难，超越苦难，后者正是平凡世界中的不平凡。路遥本人在上学后因为贫穷受尽了饥饿与讥讽，工作后也很拮据，可以说，路遥的一生在物质上始终是简省的，但在精神上，他始终是昂扬的、丰厚的，为了写作《平凡的世界》，更是忍受了难以想象的寂寞、煎熬，承受了巨大的健康、家庭的损失，但他坚持要挑战自我、超越自我。

人生的挑战不仅有苦难，还有安逸。不平凡的人生不仅要超越苦难，更要超越安逸，后者常常更难。在决定写作《平凡的世界》时，路遥已经连续获得两届全国优秀中篇小说奖，《人生》的小说和电影更是为他赢得了作为一个中青年作家少有的荣誉。但是路遥并不满足，他认为："作家的劳动绝不仅是为了取悦于当代，而更重要的是给历史一个深厚的交代。如果为微小的收获而沾沾自喜，本身就是一种无价值的表现。"为了创造与超越，路遥说："在无数个焦虑而失眠的夜晚，我为此而痛苦不已。"痛苦之后，"决定要写一部规模很大的书。"在路遥看来，"如果不能重新投入严峻的牛马般的劳动，无论作为作家还是作为一个人，你真正的生命也就将终结"。

这本小说中的主人公孙少安和孙少平的精神都是如此的，在面对困难时，可以无畏前行，面对安逸时，依然选择前行。不仅今天要创造，明天也要创造，不仅为了自己的好生活,也为了更多人的好生活。既能直面困难，更能超越安逸，成就了生机勃勃的人生。全书最后一段文字，写孙少平离开省城回到矿区前，专门到书店买了几本书，“其中他最喜欢的一本书是《一些原材料对人类未来的影响》”。到达矿区时，“他依稀听见一支用口哨吹出的充满活力的歌在耳边回响。这是赞美青春和生命的歌”。这本书、这首歌都是意味深长的，令人回味。

面对社会的复杂，守护诚实善良的品质

《平凡的世界》共三部，第一部第一章的第一句是“一九七五年二、三月间”，第三部最后一章的第一句是“一九八五年清明节前后”，这十年间，恰恰是中国走出曲折迈向改革开放的重大转折期，政治、经济、社会发生剧变，乡村、城市生活都是前所未有地复杂，涉及到亿万中国人。书中对孙家兄弟人生历程的描写是以这个大时代为背景的，涉及到了从省委书记到村支书以及从政府官员、国企负责人、新闻记者到普通村民的各个

群体。

书中在准确地按照时代节奏描写大时代的同时，塑造了许多鲜活的、充满正能量的个体人物形象。孙少平在高中课上政治学习时偷读《红岩》被发现，班主任老师委婉地规劝并把书还给他，眼睛里“满含着一种亲切和热情”，这令他感激，也更加珍爱读书；孙少平的朋友金波替他出头打了班长顾养民，但顾并没有告到学校去，“采取了息事宁人的态度，反而在精神上把他和金波他们都镇住了”，让他意识到顾是好人。

书中对田家两姐妹的描写贯穿始终，作为与孙家两兄弟有感情纠葛的女性形象，充满了善良和勇敢。田润叶家庭条件好，作为村支书的女儿，在县里当老师，但“不管对村里的什么人都特别好”“每次回村来，还提着点心去看望她户族里的一个傻瓜叔叔田二”，而对于与自己一起长大的孙少安更是一往情深，并不因为两人家庭条件差异而改变感情状态。田晓霞有着更好的家庭条件，作为县里领导的女儿，上过大学，在省报当记者，喜欢莎士比亚、托尔斯泰，追求高尚的精神境界，对孙少平的境遇与奋斗既尊重又喜爱，逐渐产生了真挚的情感，不幸的是，在一次抗洪中为了救一个小女孩而牺牲，“在最后一瞬间，她眼前只闪过孙少平的面影，并伸出一只手，似乎要抓住她亲爱的人的手，接着就在洪水中消失了……”

书中还塑造了一批个性鲜明的政治人物，省委书记乔伯年善于谋划大势，推动改革，启用合适干部，田晓霞的父亲田福军长期担任县里、地区领导，不论在“文革”中还是在改革后，不论是被闲置还是被重用，始终坚持实事求是处理政务，大胆而有魄力，以真诚平等对待他人，还有地委书记苗凯，即便是不接受农村改革的保守干部，但在得知自己的秘书直接伸手“要官”时，“瞪大眼半天说不出话来了”“一时产生了愤慨的情绪”，内心决定坚决不能同意，体现了一名党员干部的正直品性。

面对世界的喧嚣，保持对乡土与人民的热爱

路遥是一位现实主义的文学巨匠，他可以阅读、欣赏、吸收各种文学流派，但对他影响最大的还是托尔斯泰、巴尔扎克、司汤达、曹雪芹等现实主义大师的作品。

陕西作家柳青是对路遥影响很大的作家。同为陕西作家，同为对农村题材有感情、有把握的作家，路遥与柳青一样，把自己的创作与情感深深扎根在自己家乡的土地上，从生活中汲取创作的力量。路遥对故土的情感是极其深厚的，在20世纪80年代随团访问欧洲时，尽

管玩得很开心，但有一天，他突然对着窗外发起呆来："我想念中国，想念黄土高原，想念我生活的那个贫困世界里的人们。即使世界上有许多天堂，我也愿在中国当一名乞丐，直至葬入它的土地。"在《平凡的世界》的扉页上，就深情地写着"谨以此书献给我生活过的土地和岁月"。

《平凡的世界》的创作经历了6年，其过程是曲折的，其间遇到的轻视、非议是众多的，一个重要原因是当时许多人喜欢国外的现代主义创作流派，对现实主义的创作不看好，用路遥的话说，"一听'现实主义'几个字就连读一读小说的兴趣都没有了"。而这部小说的第一部问世后，被主流文学刊物退稿，出版后在文学评论圈得到的评价也非常一般，这对把这部小说作为"以青春和生命作抵押的作品"的路遥来说，无疑是巨大的打击。值得尊敬的是，路遥是坚强的，也是坚定的。他说："6年来，我只和这部作品对话，我哭，我笑，旁若无人。当别人用西式餐具吃中国这盘菜的时候，我并不为自己仍然拿筷子吃饭而害臊。"

路遥是具有极强民族感的作家，也善于开放性地从全球视野来思考中国文学发展，在他看来，"我们需要借鉴一切优秀的域外文学以更好地发展我们民族的新文学，但不必把'洋东西'变成吓唬我们自己的武器。""只有在我们民族伟大历史文化的土壤上产生出真正具有我们自己特性的新文学成果，并让全世界感到耳目一新的时候，我们的现代表现形式的作品也许才会趋向成熟。正如拉丁美洲当代大师所做的那样。”路遥的坚守和奋斗是成功的。《平凡的世界》出版至今30余年，加印超过200次，销量超过2000万册，并被翻译成阿拉伯语、土耳其语、日语、越南语等多个语种出版。2018年，在“改革开放40年”大型青年调查中，66.0%的受访青年认为，在过去40年的文学作品中，《平凡的世界》对自己影响最大，获选率排名第一。同年，作为鼓舞亿万农村青年投身改革开放的优秀作家，路遥获得中共中央、国务院表彰的100名“改革先锋”称号。2019年，《平凡的世界》入选“新中国70年70部长篇小说典藏”。2021年4月，《平凡的世界》马来文版新书发布会举行，马来西亚教育部负责人表示，《平凡的世界》以其所表现的“人性坚韧”，可给抗疫期间的马来西亚人民以鼓励。

路遥与《平凡的世界》正是深深扎根在中国土壤中才成就了其伟大。在中华民族五千年文明进程中，经历了太多苦难曲折，也创造了太多物质财富与精神财富。中国人的奋斗是骨子里的，愈挫愈勇，坚韧不拔；同时，中国人的善良也是骨子里的，与人为善，反求诸己。其实，读《平凡的世界》，仔细品之，泥土味十足，中国味十足，品出的正是中国人的奋斗与善良。

《平凡的世界》第三部的文末注明了全书写作及其准备时间，准备：1982—1985 年；第一稿：1987 年秋天至冬天；第二稿：1988 年春天至夏天。写作本文时，已经进入 2021 年夏天的头伏天了，暑气炎炎，雨水绵绵，清华园里绿意浓浓，谨以此文纪念与致敬 33 年前的那个夏天。

四大圣哲的精神财富[1]

《四大圣哲》是一本书，写了四个人。书的作者是德国哲学家雅思贝尔斯，存在主义的代表人物之一，他的最具普遍共识的学术贡献之一是提出了“人类文化的轴心时代”的论断。在《四大圣哲》这本书中，他为人类历史文化源头上的四位伟大人物苏格拉底、佛陀、孔子和耶稣写作了个人评传。在本书译者、台湾大学哲学系教授傅佩荣看来，“《四大圣哲》所教给我的，比整部哲学史所教给我的还要深刻”。

关于为什么选择这四位圣哲，雅思贝尔斯认为：“他们的历史意义，亦即他们独有的特色，只能借由人类存在的全盘历史观点来把握，也即是说，他们以不同方式表现出人类的存在。要探寻他们的共同根源，必须把人性看成一个彼此交流而互相体验的统一体。”

这一阐释体现了清晰的认识与传承历史文化的维度，

1 本文根据作者在 2022 年 8 月 13 日北京大学艺术振兴与精神共富学术研讨会上的演讲整理而成。

即人类与人性。事实上，在分析人类共有的精神财富价值的坐标体系中，X 轴是人类价值，Y 轴是人性价值。X 轴代表了精神财富的广度、覆盖面，Y 轴代表了精神财富的深度、穿透力。我们在评价一个好的文学作品、艺术作品时，经常会说“打动人心”，这就代表了其 Y 轴的价值，而如果能够打动不同时代、不同国家的人心，那就是 X 轴的价值。换言之，如果一个人物、一件作品能够处在这个坐标轴的第一象限里，就是我们应该共同继承的精神财富。

这四位圣哲无疑是处在第一象限的伟大人物，且都远离原点，其价值不可限量。从历史与当代的艺术创作、文化发展来看，这四位圣哲都成为极其重要、不可替代乃至居于主导的精神源头。

苏格拉底是智慧的“助产士”。他没有自己的著述，喜欢与人聊天，通过谈话启发他人思考。对于谈话对象，他是没有分别心的，接触三教九流，自成一家之宗。他喜欢“小众谈话”胜于“大众演讲”，他是哲学家却没有自己的理论体系，他最大的特点是让与他谈话的人从“已知”变为“无知”进而得到“真知”。据说，乔布斯曾言：“我愿意以一生的成就与财富，换取同苏格拉底共处一个下午。”苏格拉底带给今天世界的最大精神财富就是：无知之知是最大的求知动力，也是最深的智慧之源。

佛陀是人生的“洞察者”。他放弃权力与财富为人类寻找解脱之道，追求终极道理，实现内心和平。佛陀不仅创立了一套知识体系，更重要的是，探寻了一条觉悟之路，通过生活与禅定，通过知识与修行，达到觉悟与解脱。佛陀不让人向外求力，而是向内求力，让人发心立志，既不做他人的奴隶，也不做自己的奴隶。佛陀没有分别心，充满平等心，其思想方法是超越二元对立的，由此带来佛教气质的开放性与和平性。从佛法的传布来看，包容一切，也整合一切，不论是印度吠陀教还是西藏苯教乃至汉地儒学,都积极吸收。佛陀带给今天世界的最大精神财富就是:以内心和平、举止和平求得世界和平。

孔子是社会的“建构者”。他目睹周王朝的分崩离析与诸侯争霸,感叹于仁义与礼仪的迷失,希望建构一套社会秩序,从人心到法治,从道德到政治。他在政治上曾经小试牛刀,如烟花一般虽灿烂却短暂。他带着学生们在十余年里周游列国,历尽千辛万苦难觅知音,好在,他培养了一批优秀的学生,留下了一批优秀的著作,思想传诸后人,光芒照耀千古。孔子对历史有着深厚的情感,其基本思想方法是“返本开新”,研究方式是“述而不作”。孔子对人伦很重视,希望以仁义作为核心;对人格也很重视,不受权力驱使做自主的人。他的追求是坚定的,而他的性格是温和的。孔子对于中国人来说是内化为民族基因的精神存在,因而中国人评价孔子会有着特殊的情感。孔子带给今天世界的最大精神财富就是:仁者爱人,修己安人。

耶稣是世界的“拯救者”。他的思想中的关键内容是世界末日即将到来,但这并不可怕,因为还有天国,只要信仰上帝,就可因信得救。雅思贝尔斯认为,“耶稣宣讲的不是知识,而是信仰”。换言之,对耶稣的思想,因信而真。耶稣的人格力量是巨大的,这种力量主要由两部分组成。

一部分源于其殉教之死带来的“受难力量”，耶稣的传教生涯并不长，而且，与前三位圣哲都超过 70 岁的寿命相比，耶稣在 30 出头时即被钉身亡，异常惨烈，令人扼腕。另一部分，源于其坚信上帝会拯救人类带来的“信仰力量”，“只要信，就必获得”。耶稣带给今天世界的最大精神财富就是：摆脱生命的恐惧，转化生命的苦难，相信未来的希望。

这四位圣哲在世的时间距离现在都已超过 2000 年，其史实全貌已不清晰，但有趣的是，这丝毫不能掩盖四人的精神价值，且其精神光辉是与日俱增的。究其原因，这四人的精神力量是巨大的，对生命意义及其实现的探索是深刻的。虽然这四人在世时无权力、无财富、无功业，且都是失意者、失败者，但就是这样的“三无”人物，成为了当代人类一切人文积淀的重要原点，一切艺术创作的重要灵感，古今中外最古老、最精湛、最伟大的建筑、绘画、雕塑、文学、音乐等，大多与这四位圣哲相关。

雅思贝尔斯认为：“四位圣哲的生命核心，在于体验了人类的根本处境，并且明确了人类在世的使命。他们将这些告诉我们，然后带领我们面对终极问题，提示我们答案。他们以各自的方式实现了人性的终极潜能，这是他们的共同基础，但是并未因而同化为一。”这段话恰恰又回应了分析人类共有的精神财富价值的坐标轴，即人类价值与人性价值。而对当代艺术创作与文化发展更有启发意味的是，“他们四人的共同之处是：原创性的特征，以及敢于冒险的生命”。由此来看，只有基于人类价值、人性价值的原创作品与生命精神，才能成为当代世界的伟大作品与伟大精神。

所有的物质财富都源于真正的精神财富，而真正的精神财富都源于历史文化积淀的真诚传承与自主创造。四大圣哲留给人类的精神财富是巨大的，而在巨人的肩膀上，我们理应拥有更多更好的艺术作品与精神财富。

歌缘天下颂庄奴

庄奴先生于2016年10月过世后，海峡两岸近千人去给他送行。媒体开始报道他的故事，这时，许多人才知道，原来《小城故事》《垄上行》《又见炊烟》等歌词都出自这位深藏不露的老人家笔下。

在那之后不久的一天，我在清华园里见到了庄奴先生的独子黄浩然先生。我们的见面是在西区食堂里，他一坐下，第一句话就是从庄奴先生的告别仪式说起。他说，我们是以一种诗情画意的方式送别父亲，那天，来了许多人，从台湾，从北京，从贵州、天津等各个地方。

从黄浩然先生那里，我听到了庄奴先生的许多故事，才知道庄奴先生原来与清华、与新闻专业是有缘分的。庄奴先生出生在北平，小学上的是育英小学，小时候在家里受到了良好的古典诗词教育，运动本领也很好，足球、篮球、排球样样都行。中学开始写日记，经常刊发在报纸上。考大学时，清华、北大、中华新闻学院等都录取了，他选择了去中华新闻学院。毕业后，他去了《新民报》当记者、编辑，1949 年到台湾后，依然在报社里当编辑，也写小说、散文、诗歌等，为流行歌曲和电影提供了不少作品，有了 60 多年的歌词创作生涯。

“父亲改名为庄奴，就是愿意作大众的奴仆，用笔为大众服务。”“父亲认为，一个人活在世上，要受人尊敬，活着才有味道。受人尊敬并不容易，一方面，是人格操守要表现得好；另一方面，是在你从事的行业中，有杰出的表现。”“父亲写了几千首歌，没想过版权的事。”“许多演唱者唱了很多父亲写的歌，比如邓丽君、张明敏、费翔等，但他们很少见面甚至没有见过面。”

听黄浩然先生讲了许多，实在受益颇多，共鸣颇多。临别时，黄先生送我一张光盘，里面是庄奴先生的 15 首作品，封面上有“歌缘天下颂庄奴”的字样。他说：“这是做儿子的替父亲做的礼物，感谢大家关心。”我清楚地记得，当时望着黄先生在清华二校门附近金黄色银杏树下离开的背影，手里拿着薄薄的光盘，心中却是沉沉的感觉。

或许是觉得那天听得还不够，或许是觉得这些内容应该让更多的人听。此次见面后不久，我即邀请黄浩然先生来清华文创讲座讲一次，专门讲讲庄奴先生的故事。

11 月底的一个周日下午，黄浩然先生如约来到清华，开讲《大时代的旋律——庄奴的诗词人生真善美》。在讲座现场，我得知有听众是从外地专程赶来的。我开玩笑说：

今天来的都是“铁庄粉”。当我把讲座图片发到朋友圈，居然有在牛津大学的清华校友说：知道在这里讲庄奴老师的文艺青年要炸的。

讲座的现场安静而温暖，灿烂的冬日阳光洒进屋里，讲者细细讲，听者静静听。黄浩然先生放着一张张片子，讲述庄奴先生的一个个故事；放着一首首歌曲，讲述歌曲背后的趣闻。他说：父亲写了 3000 多首歌，他现在收集到的有 1000 多首。当那么多熟悉的旋律响起、那么多知名的歌手名字出现、那么多感动的细节讲出，大家沉浸其中，愈陷愈深，沉浸在温暖中，沉浸在美丽中，沉浸在庄奴先生的世界中。

庄奴先生的淡泊令人感动。他说：“《小城故事》这首歌，人家一唱，我就高兴，即使没有钱，也很高兴。”事实上，曾经有一所海边的小学校的孩子们拿了茶叶来请他写歌，他把歌写了，把茶叶还了回去。他说：“作家要有同情心、怜悯心、包容心，胸襟开阔才能有好作品出来。”他对人生的体悟很深：“做人做得好是本然，作品写得好是恰好。”他给自己的盖棺定论有四句话：“一事无成，两袖清风，写首好歌，快乐无穷。”

我曾问黄浩然先生：“《小城故事》中的小城指的是哪里呢？”出乎意料的是，黄先生告诉我：“是北京。父亲小时候在北平长大，有许多美好记忆。”

讲座结束后，我提了一个建议，把庄奴先生的作品汇集起来出个集子。我以为，这些歌词的意义已经远远超越了流行歌曲，成为了华语经典文学作品。正如鲍勃·迪伦可以获得2016年诺贝尔文学奖，谁说庄奴先生的作品没有同样的分量呢！

台湾的味道

2016年寒假期间与几位清华同事一起带孩子到台湾亲子旅行，从台北到高雄，从日月潭到苏花公路，悠悠的九天转瞬即逝，待上了回来的飞机，大家都说宛如昨日刚到。

记得到台湾的第一天，见到接待我们的刘导游——一位很和善的中年男性，他开篇就说：接待来自清华大学的团，心里有些压力，因为诸位都是清华老师，仰之弥高，有说得不对的地方还请包涵。他说话的时候始终带着真诚的笑容，语速不快，语调不高，给人很强的亲切感。

一路上，刘导游细心地关照每个人，既给大家讲述自己对台湾社会的认识，又为大家在台湾的参访提供建议，更难得的是，面对十余个小孩子，表现出了极大的耐心，还有适时的赞美。有时候,孩子间的冲突已近于爆发边缘，在他的巧妙引导下，一切都归于平和。

这个旅行社的陈经理也是如此风格，亲和力很强。在某天的早晨，他带来了亲手做的黑糖馒头。原因是前一天与我们聊天时提起了这种馒头,大家都很感兴趣。于是,在晚上回家后,自己连夜赶做了几十个,保证我们每家有三个。这三个馒头还都用漂亮的盒子装好,犹如蛋糕房中拿出一般,吃起来的口味更是令人赞不绝口,甜度恰好,很有嚼头。

由于这一行是走马观花式的旅行,每天都会换一个城市、换一个酒店。有趣的是,许多酒店里的家具、装饰都很有创意,大堂的沙发、椅子,餐厅的糕点、糖果,房间的杯子、便签,甚至卫生间的标识,都不是千篇一律的标准件,让人看得赏心悦目。我们参观的许多景点也是这样,许多纪念品很有趣又很实用。

在台南，看到一句理念：在地，生活，文创。在嘉义，看到一句理念：越在地，越时尚，有故事的台湾好品。我发现，在台湾看到的许多文创品，不是装饰品，而是日用品；不是舶来品，而是在地品。一路走来，逐渐体会台湾文创的气质：在本地、微学习、轻设计、慢文化。这给了我一个重要启示：文创融入本土生活才有生命力。“本土”与“生活”缺一不可。

说到生活，台湾美食给我们留下的印象更加深刻。尽管每餐吃饭的地方店面都不大，但每餐吃到的东西风格不一，且多很讲究。这种讲究不是奢华食材，而是用心料理。经常吃饭的时候，厨师会出来给客人讲这道菜是怎么做的，征询客人的意见。

晚上的夜市，更是台湾的特色。我们去品尝了几个城市的夜市，老板的热情、菜品的可口、品种的多样、价格的便宜，让人留恋不止。孩子们更是吃得开心，直至家长们要反复制止才能放弃多吃以至吃撑。

尽管此行是蜻蜓点水之旅，但许多点滴让人记忆深刻。记得在台东龙田村带孩子们骑自行车，大人孩子都很开心，为了田园的纯净感、也为了引导员的喜悦感。当地的组织者把这叫作“人文自行车之旅”,期望游客们“因为知性所以感动，因为快乐所以回忆”。记得在宜兰牧场带孩子们喂食动物，给小猪、小羊、大羊、鸡、鸭、鹅、鸟等不同的动物喂食不同的食物，引导员细致地给孩子们讲解，在与动物的交互中，孩子们其乐融融。

接触了许多普通台湾人，看到了许多美丽的台湾景，每日里常听到的话语是绵软长音的“谢谢你”，常见到的标识是“微笑台湾”“轻声细语 皆大欢喜”，深感中国宝岛之美、中华文化之风，那种浓浓的人情味、文化味、生活味，让人回味无穷。

香港公务员送给我的水杯[1]

从2004年到2015年期间，我参与了45期香港高级公务员国家事务研习课程，主讲“中国科技发展战略与政策”。一门课，讲了12年，面对同一个群体，那种特殊的感情难以名状。我现在用的水杯就是第75期学员送给我的，上面印有他们在课后给我送小礼物时的照片。尽管有许多杯子，但我一直偏爱这个，因为上面的照片，以及这张照片带给我的美好记忆。

这门课让我有机会向香港公务员介绍中国的科技发展。科技发展是中国持续发展的重要动力，在自主创新战略、创新驱动战略的指引下，中国的科技发展显得愈发重要，也愈发成为了解国家发展的重要窗口。我在国家科技部期间，一直负责政策调研工作，对中国科技发展的情况比较熟悉。这些情况对香港公务员来说很是新鲜，每次上课时,学员们都表示出了浓厚的兴趣。我现在还记得，

1 本文根据作者在2016年5月27日清华大学召开的香港高级公务员国家事务研习课程100期座谈会上的发言整理而成。

每每讲到中国的空间技术、移动通信技术、高性能计算机、高速铁路等的最新发展时，学员们都会发出由衷的赞叹，而对于中国企业积极走出去整合全球资源开展创新，大家更是表示欣赏。由此，大家对中国的科技战略、国家发展的认同度进一步提升，对参与国家创新发展大局的积极性进一步提升。

这门课让我有机会了解香港与香港公务员。在课堂上与香港公务员交流，也让我更好地了解了香港与香港公务员。学员们经常与我交流对香港发展的看法，提出自己的困惑与思考，这让我对香港发展中的问题、优势有了更全面的把握，也了解到了香港公务员这个特殊的群体。他们很敬业，他们很爱香港，他们很希望香港稳定发展。在我的印象中，这些香港公务员都很有礼貌，上课前会毕恭毕敬地与老师打招呼，课间会主动给老师倒茶水拿水果，课后还会给老师赠送小礼物。而且每期课后还有谢师宴，对老师表达出了浓浓的尊敬之情。这些举动都让我记忆颇深、感动颇深。

这门课让我有机会思考内地与香港的合作。在授课过程中，经常会有学员提出如何加强内地与香港在创新科技发展方面合作的问题，这就促使我去思考这一问题，并在工作中积极推动。比如围绕“深港创新圈”的建设

问题，我就专门做过调研。后来，学员们问的多了，我也会提出一些自己的建议，比如，设立特区政府的创新科技行政部门统筹推进、建立香港科技园整合创新资源、利用香港区位优势在全球范围吸引创新人才等。去香港访问期间，我专门去拜访了特区政府负责信息科技发展的负责人，在我担任中国科技体制改革研究会副会长后，还与香港科技园负责人见面讨论内地与香港的科技合作。通过这门课程，让我对内地与香港的合作关注更加自觉，推动更加持续。

很感谢清华给我提供了这么好的一个平台，这不仅是一个授课的平台，也是一个交流的平台，不仅是一个知识的平台，也是一个情感的平台。

祝愿香港公务员的队伍建设越来越好。

大德与大寿

——怀念我的外公窦荫三

外公窦荫三,陕西蒲城人,生于1889年,卒于1990年,丰厚的人生跨越晚清、民国和新中国。

外公给我的印象很深，从我出生到他过世，17年里我的无数个周末和暑假都是在外公家的院子里度过的。当我来到这个世界上时外公已经是年逾八旬的老人，我对他的印象，就是靠在漆皮斑驳的硬板床上拿着放大镜看报、在院子里背着双手慢慢踱步、在屋前的廊下细细慢慢地卷着烟叶。老人家对孙辈非常和善，经常靠坐在他那把专用的旧藤椅上，眯着眼静静地看着满院子嬉戏玩耍打闹的孩子们。母亲保存有一张外公抱着幼小的我在院子里留下的合影，两个相差80岁的一老一小都咧着嘴大笑，看来孙辈的童趣为在那个特殊年代正身处逆境的外公带来了很大的快乐!

待我稍微大些后，逐渐知道了外公过去的风云事迹，特别是看到了1937年外公一身戎装与杨虎城和周恩来、叶剑英等的合影照，才感觉到外公还有着并不平凡的岁月。待到得知外公去北京参加辛亥革命 70 周年纪念大会在主席台就座，邓小平专门当面问候老人家健康状况，习仲勋亲自到住地看望老人家并委托做好西安民主剧院建设运营工作，“西安事变”后老人家将 50 万发步枪子弹、15 万发手枪子弹和 8 万枚手榴弹送给彭德怀部以示团结合作共同抗日之决心，我才逐渐知道，“辛亥革命”“西安事变”这些改变中国历史进程的重大事件里，居然都有外公的一份参与。

外公的一生，先从军再从商，立业堪称大业。老人家先在杨虎城领导的十七路军里做高级将领，深得杨将军器重结为金兰，担任军需处处长、军械处处长，并出任陕西省机器局局长。“西安事变”后杨虎城被蒋介石排挤走，外公毅然退出军界，进入商海，在陕西创办了化工厂、面粉厂、银号等，都很成功。新中国成立后，外公担任西京国货公司经理，经营有方，业务兴旺，推动公司成为西安市第一个公私合营的商业公司，还出任西安市工商联副主任、西安市政协常委、陕西省人大代表等，老人家创办的许多事业至今依然在陕西存在，泽及后人。

外公的床头始终摆放着一张杨虎城的戎装照片，几十年从未挪动。我经常过去看，觉得照片上的人很神气。后来发现，每每当我想去动照片时，老人家就会制止。有时我还故意以此去逗外公，屡试不爽。记得刚上初中时，一次我问外公：“杨虎城到底哪里好？”外公并不搭理我，被我问急了，训斥了一句：“好就是好，你个小娃，懂啥？”后来我就不敢再拿这个问题与外公开玩笑了。待到我逐渐长大，有了生活阅历，看到那么多外公共事过、帮助过的人对他的发自内心的感激与认可，我明白了什么是“忠诚”与“厚道”。

外公的一生，儿孙满堂，治家堪称大家。老人家先后养育了 17 个儿女，且多年与儿子们在一起居住，一大家

子，其乐融融。在第一任夫人过世后，外公娶了外婆。印象里，外公很敬重和喜欢外婆，两人之间弥漫着的是那种平淡而深蕴的情感。要知道，外婆可是20世纪30年代燕京大学毕业的大学生，那个时代少有的知识女性，其父担任张学良俄语翻译，随东北军来到陕西。尽管外婆这个女秀才是奉父母之命和外公这个军人缔结姻缘的，尽管她进来后要管一个大家庭，但贤淑智慧的外婆把这个大家庭操持得井井有条，里里外外、上上下下无不称道。从20世纪70年代初开始，因为外婆脑溢血瘫痪在床，外公和外婆分房而睡，但几乎每天下午，外公都会坐到外婆的床边，两个人坐在那里说很久的话。儿时的我每每去院子里见到两位老人的“二人世界”时,都会知趣地躲开。午后斜阳下的那个温暖场景，至今难以忘怀，思来感动万分。在外公的悉心照料下，瘫痪后的外婆依然平静从容地过了快20年，两位老人相守半个世纪。待到外婆过世后的第二年，外公也走了。

从记事起，我很少看到外公发火，或许真是到了“从心所欲不逾矩”的年龄，到了“乐看云卷云舒”的境界，即便是许多在外人看来很让人生气的事，他也是很淡然的。其实，在100年的人生经历中，他受到的委屈远远超过后人的想象，但他都以自己的做人做事原则应对有序。杨虎城将军被害后，他根据杨将军意愿兴办实业救国，积极造福乡里；新中国成立后，他率先将企业捐给新政府，带头响应“公私合营”；“文革”中，已是七旬老人的他和外婆饱受欺辱，他默默承受，同时还要照顾那些分布在天南海北的儿女们；80年代末，因为市里拆迁征地把他住了几十年已经成为他生命一部分的院子要拿去，他也没有拒绝。现在想来，那么多复杂的社会事务，那么多繁细的家庭关系，那么多纠葛的个人名利，他居然都处理得淡定不迫，饱得好名，这应该是何等的境界啊！这其中的意味值得我们做后人的反复体悟效仿。

外公过世后，许多家里人并不熟悉的人都来给老人家送行，他们跪在地上哭说着老人家曾给予他们的帮助，那些场景让人唏嘘，直到那时，家里人才知道老人家过去曾经给予别人那么多帮助。这些帮助何时给的、怎样给的，都是家里人不知道的。而所有的儿女和孙辈们都能想起老人家给予自己的殷殷爱护，点点滴滴，细细绵绵，这就更让大家惜别之情难于抑制。得知外公过世的消息后，习仲勋即从外地发来唁电，很快屈武、孔从周、汪锋等曾与他交往过的许多老领导都先后从外地发来唁电，杨虎城的儿子杨拯民等十七路军的老朋友和陕西乡谊纷纷写来挽联，那些言辞至今读来都很感人。

外公到了90多岁，依然精神健旺，身体硬朗，引起许多人的好奇，纷纷打听秘诀。但在外公看来，自己养生没有秘诀，做事也很简单。外公在98岁时口述一篇自述，谈到自己养生做事的原则，就三个字：早、勤、公。早睡早起，勤恳工作，公道处事。

孔子曾说："大德必得其寿。"明代医学家张景岳也说："欲寿，唯其乐；欲乐，莫过于善。"外公的一生鲜明地印证了德、寿之间的关系。有忠心，有公心，有善心，外公以自己的大德成就了大善，获得了大寿。

（本文初稿完成于"辛亥革命"100年之际，定稿于"西安事变"76年之际）

读读“老文青”的故事

《坐家心路》是一本文集，是老妈送给自己 70 岁生日的一份礼物。说是给她老人家自己的，也是给整个家庭的，因为其中的文章不仅记述了她本人这些年的活动，更是整个家庭日常生活与情感交流的点滴记录。

老妈退休后很喜欢写文章、编文集，有了感想就记下些文字，为了纪念外公、外婆编文集，在自己的生日里也会编文集。这些文章、文集能够问世，得益于老妈对文学、写作的兴趣，得益于日积月累的笔耕。记得 20 世纪 90 年代家里就买了第一台电脑，从那时起，她就开始用电脑写作。曾经写了一篇《住在花园里》的文章，参加西安所在小区的征文比赛，获得一等奖，还得了一笔巨款（1 万元）。

有了博客后，老妈开始写博客；有了微博后，老妈开始写微博；有了微信后，老妈开始写微信。所有的最新的信息传播手段都用上了。在这本文集中，就有许多这样的微博、微信文章，还有许多在微信上发出的有着纪念意义的照片。

退休以后特别是近些年，老妈主要的生活内容是：读书、看报、看电视，旅游、会友、做书画。读书看报使得她始终关注最新的社会动态，更难得的是，能够对这些动态进行思考，写下许多随笔杂感。旅游会友使得她愉悦身心开阔眼界，更有趣的是，能够对这些活动拍照记录，留下许多美好图片。

人离开工作岗位，获得了身体的自由，但往往许多人在身体自由的同时，伴之而来的是心灵的困惑、精神的不自由，因为觉得与时代脱节、与社会偏离。老妈可不是这样的，她是典型的“老文青”，保持着对新鲜变化的旺盛兴趣，保持着对外界事物的批判思维，保持着对写作书画的持续

热情，这使得老妈的心态很年轻，状态很积极，生态很和谐。

有这样的“老文青”妈妈是很幸运的，因为她总能告诉你许多鲜活的故事、独立的思考乃至批评的意见，让你在享受亲情的同时思索人生。

记得老妈书房里挂着一幅字：理明牵挂少，心闲岁月宽。这幅字是老人家退休生活与人生哲学的准确表达，可说是深得外公人生智慧的真传。《心经》上说：“心无挂碍，无挂碍故，无有恐怖，远离颠倒梦想。”尽管老妈对此经文研读不多，但其行为与思想却深得其精髓。

日常生活的记录看似平常，却具有文学、文化价值。记得在斯特拉福镇的莎翁故居访问时，看到介绍中的一句话：“莎士比亚的戏剧充满了家庭奥秘和张力。”事实上，当你在这个小镇上行走时，不论是莎士比亚出生的地方还是他女儿的屋子、外孙女的屋子、朋友的屋子，都可以听到许多故事，这些故事中都可以找到莎翁戏剧的影子。莎士比亚是大师级的“老文青”。

衷心祝愿老妈成为永远的“文青”，健康地、快乐地、安静地写作，期待在今后的每个五年、十年里都能读到老妈的文集。读到这些温暖的文字与图片，是作为儿子的莫大快乐。

是为跋。

告别清华幼儿园[1]

今天站在这里发言，心中满是感动。过去的三年里，我的女儿、还有和她一起成长的小朋友们，在清华大学洁华幼儿园度过了三年无比快乐的时光。这种快乐源于美丽的幼儿园，源于老师们的真心、细心、耐心。

在我的记忆里，每天早上，孩子都会急急地冲出家门，奔向幼儿园。当我和孩子在去幼儿园的路上，一路走、一路说、一路笑时，孩子会告诉我许许多多的幼儿园趣事。我听到了“魔仙队”的故事，听到了“打怪兽”的故事，听到了许许多多小朋友的故事。这些故事在每个清晨成为孩子津津乐道的内容，成为我和孩子快乐交流的载体。更重要的是，这些故事成为孩子对幼儿园美好的记忆。

我曾经问孩子，最喜欢老师做什么？我以为，是老师给她好吃的，或是老师表扬她。她告诉我，是老师抱她。听到她的这个回答，我很感动，因为老师的爱；我更庆幸，

1　本文根据作者在 2016 年 6 月 1 日清华大学洁华幼儿园毕业典礼上的发言整理而成。

因为这座爱意浓浓的幼儿园。

我还记得一次“三八节”开家长会，班主任赵老师认真地给我们讲孩子的情况，认真地提出要求，希望爸爸多陪孩子，还举出了许多爸爸带孩子的好处。那种对孩子的关心之情、对家长的要求之切，至今想来，还是唯有感动。

幼儿园是孩子人生中学习的起点、成长的起点，在这个起点上，他们要学习知识，更要了解社会、了解他人。好的幼儿园是孩子人生起点上最初的也是最珍贵的财富，这是一种美好的记忆，也是一份情感的获得。我们的孩子们在清华大学洁华幼儿园正是获得了这种记忆、情感与财富。

最近孩子一直在背诵毕业诗。在家里会背，在上学的路上会背，在我的办公室也会背，从不熟悉到熟悉，从不流畅到流畅，更重要的是，越来越有感情，因为她意识到了正式表演完这首诗后,她就要离开幼儿园了。有一天，她还问我，小学还有和幼儿园一样的秋千吗?

三年的时光转瞬即逝，三年前的入园宛如昨天。这三年，孩子们不会忘记，我们做家长的更是难以忘记，一幕幕如电影般展示在眼前。贴在幼儿园门口的一周食谱，是孩子经常拉着我去看的，也是经常会发出惊喜的叫声的，为了饺子，为了肉龙，为了鸡翅和排骨，为了我们幼儿园的大师级厨师。贴在每个班级门口的教学计划，是我每次送孩子时会留意看看的，看到了老师们的精心安排，也看到了老师们的专业素养。

其实，还能回忆的很多，还要感谢的更多。幼儿园不仅对孩子，对我们家长，都是快乐的源泉。在即将分别的时候，我要代表所有的孩子和家长，向幼儿园的老师们表达我们发自心底的感激，表达我们最美好的祝愿。

祝愿清华大学洁华幼儿园越来越美丽，祝愿各位老师越来越美丽。

后记（2017）

出版这本小册子的动议在去年秋天，完成已经在今年的春天。时间过得很快，日子在清华园里安静而忙碌地滑过去。

大学是安静的地方，清华是如此。大学也是忙碌的地方，清华更是如此。

就拿昨天来说，上午是博导的培训，下午1点半是本科生的课，之后回来与校团委的同学讨论暑期海外实践活动，然后到了5点，就是我的OFFICE HOUR时间。有两位同学与我约了一起谈谈，一位女生是一周前约的，一位男生是本周约的。我一般愿意单独与同学们交流，总觉得这样的讨论会更个性化、更深入些。于是，两位同学一位是5点来的，一位是快6点来的。我发现，凡是单独来约谈的，多是有思考与困惑的，关于人生的或学业的问题，老师的交流会给他们很多帮助。今天也是如此，临走时，同学都说，谢谢老师，想明白了很多事情，很开心。听到此言，尽管嗓子已经干了，但心里却是润的。

今天亦是如此，从一大早就开始讨论学院的工作，中午吃了盒饭接着讨论，下午 1 点开始博士生论文预答辩，一口气到了 5 点。其间还穿插处理些事务，感觉是一环扣一环。回到办公室，看到同学送来的咖啡，尽管眼皮已经打架，但心里却是润的。

对我来说，这些忙碌是充实的，当然，每每一天下来，也会疲乏，而要解除这些疲乏，最好的方法，就是在安静的校园里漫步。从大礼堂到水木清华再到西大操场，一路走过去，清华园很美，黄昏时也很安静，走着走着，就可以从一天的喧嚣中沉静下来。

我发现，最好的解乏方法是到图书馆转转。走进图书馆，常常会想到曹禺先生在那里写作的情景，也会想到杨绛先生说去图书馆就像“串门”的比喻。后来，就觉得这一比喻的确是“神来之比”。在开架的书架前徜徉，翻翻这本，看看那本，或十来页，或两三页。如果说白天是忙碌的充实，这时就是放松的充实。这种时候，我经常会想到一些与专业无关、与现实无关的问题，会希望对这些问题找找答案。

不久前，我看了许多人为了怀念杨绛先生而写的《杨绛：永远的女先生》一书，确实是大家写大家之书，于是买来给我带的每个研究生都送了一本。书中提到在钱钟书先生和女儿钱瑗都离开后，杨绛先生克服悲痛投入柏拉图的名著《斐多》的翻译。于是，我又买来《斐多》。读了之后，一方面，深为苏格拉底在临终前的淡定而钦佩，另一方面，又会升起一个疑惑，苏格拉底在临终前依然宣讲的是灵魂不灭，他的学生们也都表示接受，但为什么看到他的离去还是悲痛不已？其实，杨绛先生在《走到人生边上》一书中也谈了许多灵魂的问题，还有最近读过的《摆渡人》一书也是谈了灵魂的故事，难道灵魂真的会不灭吗？

今天晚上，我在图书馆翻到了一本写柏拉图的书，看到了一句话，顿时解答了我的这个疑惑："灵魂转世不是为了表达对神灵的敬畏，而是为了表达对我们自己的敬畏。"

苏格拉底在雅典城里与他遇到的人们交谈，尽管不是每个人都愿意与他谈，因为大家为了生计都很忙碌，也懒得去思考那些"虚无缥缈"的人生问题，但他还是乐此不疲地谈话，为的是帮人们认识自己，认识真理，即便因此而被那500位陪审员中的多数人判处死刑也死而无憾。在苏格拉底看来，厌恶理性是人类最大的邪恶。

作为苏格拉底的学生，柏拉图继承了老师追求智慧的品质。他写了许多关于自己老师的文字，与其说是在写一个人，不如说是在写一种精神。也因此，他成为了人类智慧的重要源泉之一。如同怀特海所言：“欧洲哲学传统最没有争议的普遍特征是：它包括对柏拉图的一系列注脚。”

其实，在2500年前的那个人类文明的轴心时代里，东方的老子、孔子何尝不是如此呢？套用上面这句话，“中国哲学传统最没有争议的普遍特征是：它包括对老子、孔子的一系列注脚。”

每天的日子就是这样在清华园里滑过去，读书、教书、写书。这或许就是一种最明显的“水木烙印”吧。泰戈尔在《飞鸟集》里曾说：“我的引导者呵，领导着我在光明逝去之前，进到沉静的山谷里去吧。在那里，一生的收获将会成熟为黄金的智慧。”其实，清华园就是“沉静的山谷”。

很感谢为这本小册子出版付出辛勤劳动的人们。清华大学出版社的纪海虹编辑对选题和出版给予了大力支持，清华大学新闻与传播学院的博士后王嘉婧精心设计了创意版式，博士后汪帅东细致处理了具体事务，清华大学文创院的周佳伦提供了许多原创的漂亮插图。当然，还要特别感谢的，是胡显章老师，看了书稿，欣然赐序，给了许多鼓励，一如这二十多年来给我的鼓励。

正如我在清华大学新闻与传播学院2016年开学典礼上的致辞中所言，在清华里，总会遇见聪明的大脑，也会结交美丽的心灵。这里不但是学习的校园，也是精神的家园。清华人是务实的、团结的，也是充满使命感与创新力的，带着这种烙印、伴着这些人儿一起探索真理，其乐无穷。

在这本小册子出版之际，清华园满园的春花都开了，清华大学即将迎来106周年校庆，清华大学新闻与传播学院即将迎来建院15周年，谨以此书献给我的学校和学院。

2017年3月23日夜于清华园

后记（2025）

如果说2017年出版《水木烙印》一书的动力是清华的老师与校友，那么，2025年进行修订增补推出新版《水木烙印》，其动力则是清华的学生与社会的反响。

作为在清华园学习、工作、生活超过30年的清华人，对这个园子的感情是极其深厚的，对这个园子的体验是极其丰富的。为此，往往因为一个契机就会写一些文字，这些文字大多在校友刊物《水木清华》刊发，于是乎，经常会有老师和校友说读过了这些文章。记得在校内几次开会见到贺美英老师，她一见我就说你是不是最近到哪了。我说您怎么知道的，她说看了我写的文章。文章多了后，就有老师和校友建议结集出版，也好传播清华精神与清华文化。令我鼓舞的是，胡显章老师专门写了序言，给予了加持。想来从1992年认识胡显章老师，至今已经30余年，这数十年间不论岗位如何变动，胡显章老师始终保持了一位优秀教育家的风范，一位典型清华人的气质，而对我的关心与指点更是绵延隽永。

2017年这本书出版后，我将这本书作为面向全校开设的本科生课程《新生导引课》的参考读物，每学年新同学进来，我请大家读这本书，在课上进行讨论，发现效果非常好，许多同学认为这本书中的一些文章、一些故事、一些人物让自己更好地了解了清华，也能帮助自己更好地展开清华园的新生活。在一年又一年的课堂讨论中，我对书中的文章有了新的认识，似乎不是自己的作品了，而是第三方的内容。

与此同时，书出来后，一些读者给予了肯定，不论是在售书网站上的评价，还是我熟悉的一些学界朋友，共同的评价是书中的内容“很清华”，文字“很安静”。我想，这也是清华园给我的多年感染所传递出来的味道吧。

从2017年至今，自己在学习、调研与工作中又有了许多新的经历与感受，又写了许多新的文章，这些文章或依然刊发在《水木清华》上，或刊发在清华大学文创院的公众号上，其中一些文章获得了意想不到的好评，有的文章还被社会机构做成有声读物进行传播。正是因为这些学生们的讨论与社会上的反馈，我决定对这本书进行仔细的增补修订。

这项工作是在2025年春节期间完成的。在位于清华大礼堂草坪东侧的偌大的学院楼里，往往只有我一个人，从早到晚，一如本书中《清华的色彩》开篇所记录的场景。想想也有趣，那个记录的场景是2016年元旦的早上，现在记录的场景是2025年春节的早上。这么多年了，我的工作方式、工作环境依然未变。

这或许就是清华园的魅力所在，让人可以安静地坐下来，读书、写作，可以安静地独处，不必去赶场、应酬。

在修订时，我认认真真重新阅读了全书，有时会觉得写得真好，有时又会觉得还要反复推敲修改。就这样，一篇篇、一段段、一句句，读得很细，改得很细。改定后的书稿还是三部分，大标题也没有变，围绕展现清华精神与清华文化，篇目顺序略有了些调整，删除了个别篇目，增加了一些篇目，比如讲述早期清华教育思想的文章、走访许渊冲先生的文章，还有一篇文章很有趣，是清华附小校庆时女儿采访杨振宁先生的问答，我整理出来写了一篇小文章，得到杨先生家人同意也收入此书。

历史学家何炳棣在《读史阅世六十年》中对自己的清华园学习生活有专章回忆。文章中说，“如果我今生曾进过‘天堂’，那‘天堂’只可能是1934—1937年的清华园。”“我最好的年华是在清华这人间‘伊甸园’里度过的。”作者对清华大礼堂进行了仔细描述，认为“给人以庄严、肃穆、简单、对称、色调和谐的多维美感”“也许是感情在作祟，我一直相信清华大礼堂是中国最美的古典西式建筑。”作者对清华图书馆也有详细记述，“图书馆中西文阅览室的软木塞地板，书库中钢架和厚玻璃地板，暖气及卫生设备等，处处予人长期的享受和永恒的美感，正是因为清华物质环境的优美舒适，来自远方的莘莘学子才会情不自已地从内心发出暗誓：决不能辜负寄旅于此人间天堂的机缘与特权！”

仔细读这位老学长记述清华园的文字，不时有会心一笑，又间或有内心一震，为其描述场景的似曾相识，为其真挚情感的毫不掩饰，更为其埋头苦学的豪情壮志。我以为，在“天堂”过“地狱”生活，方可不负清华园！

这正是清华园的魅力所在！这正是清华精神的真谛所在！在由知识、青春与花园组成的校园中读书与研究，拓展知识的边界、合作的边界与自由的边界，以自强精神成为长期主义者、创造主义者，为中国开盛世，为世界进文明，为人类造幸福。

2025年的春节期间有三个重要的关键词：“DeepSeek”“哪吒2”与“宇树机器人”。这种集中性的国产创新产品大爆发既是偶然，也是必然，展现了中国在科技与文化领域的一日千里与朝气蓬勃，可喜可贺，令人振奋！事实上，本书中第二部分关注的正是创新精神与创新能力提升的大问题。经过数十年的改革开放与创新发展，当代中国的创新力量日趋显现，而在自主、开源与服务全人类的意识上，中国的创新者显然更传承了中华文化精神，也更符合世界发展需要。在大时代的创新大潮中，或许，当代清华学子在选择职业时还可更勇敢些，不要瞻前顾后与四平八稳。有了大无畏精神，有了形而上思维（徐葆耕老师语），清华学子当可为中国与世界做出更大贡献。

这些年，我指导毕业的博士生有 7 人，硕士生有 30 余人，还有许多合作的博士后。同学们都很优秀。我常常给同学们讲一句话：找到热爱，追求卓越。最近又加了一句话：Always try something new。之所以总是讲，是为了这些历尽千辛万苦进入清华园的优秀学子们走出校门后，不负才华，不负韶华，不负清华。

感谢清华大学出版社纪海虹编辑的悉心支持，感谢清华大学美术学院朱滢、王瑞雪、黄慧琳、项煊然同学帮助设计绘制了精美插画，还要感谢清华大学校史馆范宝龙老师专门为新版写了序言，金富军老师提供了早期清华的资料图片。

写作这篇后记时，清华园的晨光洒进窗户，洒满书桌，如同本书题记中所言：“当树影在清晨里阳光的悉心护送下洒入屋内时，新的一天开始了。”是的，新的一天开始了，新的一学期开始了，新的一年开始了，新的创造开始了。

还有一个有趣的细节要讲讲，在准备本书新版的封面时，美编希望提供一个书名的英文翻译。按照正常的直译，the imprint of Tsinghua 即可，为了稳妥，我咨询了我指导的博士研究生、法国籍学生 Katherin，她曾读过这本书的老版。她的建议是加上 idyllic 一词，可以凸显清华园的人文和宁静的氛围，体现老师想要表达的含义。我在牛津词典查了一下 idyllic 的意思，发现解释是 very happy, peaceful, or beautiful，当时我差点笑出声来，这个词简直就是为我心目中的清华园的烙印而造的，完美地涵盖了我想描述的清华园的气质。

我曾听过一首歌《You Raise Me Up》，听到歌词中 You raise me up to more than I can be 时，不知为什么，立刻就想到了清华园，正是清华园，才让我不断学习与前行，不断以今日之我超越昨日之我。在这本新版随笔集出版时，清华大学即将迎来 114 周年校庆，清华大学新闻与传播学院即将迎来建院 23 周年，谨以此书献给我的学校和学院，献给丰厚而安静的清华园。

2025 年 2 月 7 日晨于清华园